HIDEN

NARUTO
-ナルト-

我《ガ》愛《ア》羅《ラ》秘伝

GAARA HIDEN

砂《さ》塵《じん》幻《げん》想《そう》

岸本斉史
小太刀右京

目次

人物紹介
トウジュウロウ
砂隠れの里の相談役
アマギ
砂隠れの里の忍
金《こん》色《じき》エトロとメトロ
抜け忍
我《ガ》愛《ア》羅《ラ》
五代目風《かぜ》影《かげ》
テマリ
砂隠れの里の忍
カンクロウ
砂隠れの里の忍
バキ
砂隠れの里の忍
ハクト
ホウキ族の娘
シジマ
ホウキ族の忍
シゲザネ
ホウキ族の忍

第一章

砂隠れ

忍《しのび》とは、堪《た》え忍《しの》ぶ者だ、という。

不条理の中で忍耐するものだ、という。

事実である。

男は、そう確信している。

彼の生きてきた世界は、そうせねば生きられぬ場所であったからである。

砂。

それが男の生まれてより、親しんだ景色であった。

昼には摂氏《せつし》四十度を超える高温になりながら、夜には氷点下にまで下がる、生物の存在を拒否する世界。

動植物はおろか、細菌すら生存を拒否する絶対の地獄。

それが、男の生きる世界である。

故《ゆえ》に、男は堪え忍ばねばならぬ。

男の名を、我愛羅《ガアラ》という。

＊　＊　＊

砂隠《すながく》れの里は、そんな砂漠の片隅に、張りつくように存在するオアシスのひとつである。

奇妙な形に大地がくぼんだその地形は自然のものとは思われず、いずれ神話の時代、スサノオやアマテラスといった神々が、人智《じんち》を超えた術を用いた結果ではないか、と囁《ささや》かれていた。

その中枢《ちゅうすう》、〈風影《かぜかげ》〉の執務《しつむ》室はごく質素なものである。

部屋の主《ぬし》である男、我愛羅は忍《しのび》の多くがそうであるように、およそ奢侈《しゃし》というものに興味がなかった。

服などは着慣れたものがあればよいと思っていたし、部屋の調度などはごく一般的なものでいい、と思っていた。

それは彼の禁欲の表われでもあるし、かつて少年期、先代〈風影〉の息子《むすこ》として物質的な富には不自由しなかった時期に、孤独を味わった、という過去も関係しているのかもしれない。

「ふう」

ため息をついて、空を見上げる。

夕暮れの太陽に照らされたその髪は茶というよりはむしろ赤に近く、大理石を削り出したような白皙《はくせき》の美貌《びぼう》に華《はな》を添えていた。

最後に己《おのれ》の意志で、あの空を自由に駆けたのはいつのことだろうか。

今の彼が戦うべき相手は、書類の山である。

忍者たちは世界を意のままにしようとする〈暁《あかつき》〉と戦い、また大筒木《おおつつき》カグヤをも敗《やぶ》った。

だがそれは、誰かに依頼されての戦いではない。

もちろん、国防の一環としての費用は大名《だいみょう》たちが出資するところではあるが、風《かぜ》の国はここ十年来の軍縮政策の結果その費用を渋《しぶ》った。

あくまであれは、忍たちの私戦だ、というのである。

(そんな道理が通るか。だいたいおまえらは、我々に守られて生き延びたのではないか)

そう、砂隠れの忍たちが怒ったのは無理もない。

奢侈を求めぬことと、金を求めぬことは違う。

乳幼児のための清潔な産院や水に困らぬ井戸の建設。日々進歩していく科学技術に対応するための先行投資。負傷し二度と働けなくなった忍や、戦死した忍の家族への生活保障。

そうしたことを行うために必要なものは、金だ。

その金を大名たちから引き出すための仕事が、今の我愛羅の生業《なりわい》である。

そこには華やかな忍術合戦も、血湧《わ》き肉躍《おど》る冒険もない。

地道な書類との格闘、目立たない根回し、さほど面白《おもしろ》くもない諸勢力の調停作業があるのみである。

それが、我愛羅のため息の理由であった。

＊＊＊

「我愛羅、いる？」

ガチャリ、とドアが開いて、ひとりの若いくノ一が入ってきた。

朝日に照り返された砂漠のように、金色に輝く髪を持つ美女であった。

〈風影〉である我愛羅にそのような気易《きやす》い口を利《き》けるのは、里でも多くはない。女となれば、ひとりしかおらぬ。

そのひとりが、このテマリであった。

「どうした」

我愛羅の口元が、わずかに弛緩《しかん》した。だいたい、この姉がひとりで執務《しつむ》室にやってくるときは、ロクでもないことが起きるのだ。仕事ならば、兄であるカンクロウを伴《ともな》っているのが、通例だからだ。

「えっへっへー」

案《あん》の定《じょう》、テマリは椅子《いす》に腰掛けると、だらしなく相好《そうごう》を崩してみせた。

「いやー、シカマルからまた手紙が届いてさー」

「そうか」

「新開発の電子メールってやつは、まだセキュリティに信用がおけないから紙に書くって言ってさー。割と変なとこ古いんだけど、やっぱり用心深いのよね」

シカマル、というのは姉の婚約者である。

我愛羅も参加した、木ノ葉《こ　は》の中忍《ちゆうにん》試験で知り合った、ひどくとらえどころのない忍者だ。

テマリがシカマルとの交際を告げたとき、我愛羅はえらく驚いたものだが、兄のカンクロウに言わせれば、

（いや、バレバレだろ）

ということになるらしい。

（そういうものか）

とひどく悩み、『イチャイチャパラダイス』なる恋愛小説を読んでみたこともあったが、

やはりわからぬものはわからぬのであった。

「電子メールの暗号化システム開発については進めさせている。詳《くわ》しいことは、〈雷影《らいかげ》〉殿《どの》から届いたTHX-1138ファイルを」

「イヤそういうことじゃなくてね」

「……電子メールの話ではないのか？」

「は――――」

肩をすくめてテマリはひどく大仰《おおぎょう》なため息をついた。

「なんでそういうとこは、木ノ葉のナルトよりよっぽどダメかな、我愛羅は」

「今の発言に何か問題があったのか？」

「ある。おおあり」

びしい！　とテマリは扇子《せんす》を突きつけた。

「女の子がこういう話をしてるときは、手紙の中身の話を聞いてほしいものなのよ。わかる？」

「緊急事態か？」

「いや、だからね」

テマリは苦笑《にがわら》いをしたが、それ以上の説明を放棄《ほうき》したようでもあった。

「式よ式、式の日ー取ーり」

「ああ……」

確かにそれは、我愛羅の懸案《けんあん》事項のひとつとして、脳内のコルクボードにピンで留《と》められていた。

テマリが〈風影〉の姉であるように、その夫となる奈良《なら》シカマルは木ノ葉隠れの里の重《じゅう》鎮《ちん》である。

その婚儀《こんぎ》となれば、もはやそれは政治のことだ。

本人たちの意志だけで決められることではない。

判断を誤《あやま》れば、百を超える忍《しのび》が死ぬことにもなりかねぬのである。

古来、砂隠れと木ノ葉隠れは因縁《いんねん》浅からぬ仲である。

そもそも五影《ごかげ》が生まれたとき、砂隠れは木ノ葉との密約によって豊穣《ほうじょう》な土地を獲得し、生き延びたという過去がある。

以降も、南方の砂隠れが、北方の木ノ葉のより豊かな土地を狙《ねら》う、という構図は続いた。

我愛羅とテマリが、木ノ葉のナルトやシカマルと出会ったのも、その謀略《ぼうりゃく》の渦中《かちゅう》においてである。

このように書くと砂隠れが一方的な侵略者であるように感じられるやもしれないが、忍の世界はそのように単純ではない。実際には、木ノ葉の側もまた、幾度となく砂隠れに対して様々な不安定化工作を行っており、長い年月の間ふたつの里は、表面的な同盟関係とは別に、緊張を保《たも》ってきたのである。

だからこそ、先代〈風影〉の姫であるテマリが、木ノ葉の奈良一族に嫁《とつ》ぐ、ということには大きな政治的な意味があった。

ふたつの里が名目だけの同盟ではなく、本格的な緊張緩和《デタント》を行う、という意志表明であったからである。

「木ノ葉側はこちらの条件を呑《の》んだ、と認識していいんだな」

「散文的ねえ。どれだけあたしとシカマルが頭をひねったか」

「ふたつの里の警備担当者もな」

「可愛《かわい》くないわねー。スナオにうらやましいって言いなさいよ」

むに、とテマリは我愛羅の頰《ほお》を引っ張った。

かつての我愛羅なら即座に殺していたところだったが、今は毛頭、そんなつもりはない。

むしろ、意外と悪くないのではないか、と思っていた。

が、この〝家族〟という関係と、男女のことがどのように違うのかは、今ひとつわからぬ。

ただ、テマリの相好の崩れぶりなり、親友であるうずまきナルトが日向《ひゅうが》ヒナタに向ける不思議な微笑《ほほえ》みなどを見るにつけ、

（どうも、違うらしい）

と思うのみだ。

我愛羅の母は、〈人柱力《じんちゅうりき》〉である我愛羅を産み落としてすぐに、死んだ。

父は後妻を娶《めと》らなかった。

今にして思えばそれは、父なりの母への筋の通し方だったのではないかとも、思う。

「ともあれ、木ノ葉隠れの里が条件を呑んでくれたのなら、よしとしよう」

我愛羅は立ち上がった。

「どこへ行くの？」

「別の件で、長老会議に呼ばれている。召喚《しょうかん》される前に顔を出したほうが、やつらの機嫌《きげん》もいいだろうさ」

＊＊＊

「るぐぉぉぉぉぉぉぉぉぉっっっっ！」

砂が、渦を巻いた。

巨大な人の姿が、砂塵《さじん》の中に形を取る。

(デカいじゃん!)

カンクロウはその偉容《いよう》に、敵ながら驚嘆《きょうたん》せざるを得なかった。

十……いや、二十メートルはあろう。

小さなビルほどの大きさがあった。

口寄せで喚起《かんき》される霊的存在ならばともかく、忍者自身がこれほどに巨大化するのは、稀《まれ》である。

(秋道《あきみち》一族の倍加《ばいか》術とも違う……!　なるほど、手配帳《ビンゴ・ブック》でAクラスに指定される抜《ぬ》け忍《にん》だけのことはあるか!)

「カンクロウ様!　ここは自分が!」

「!」

部下のひとり、アマギが跳躍《ちょうやく》した。

「まだ敵の出方が見えてない!　動くには早いじゃんよ!」

「そのようなことでは、敵の術を勢いづかせるだけです!」

アマギは、まだ若い。

中忍《ちゅうにん》試験を十三でクリアし、十五でカンクロウの直属となった、カグヤとの戦いを知らぬ世代である。

栗色《くりいろ》の髪がまだあどけない、少女のようにも見える中性的な少年であった。

「行きます！」

アマギの袖口《そでぐち》から、十……いや、二十本もの小柄《こづか》が放たれた。同時にこれだけの短刀を投げるだけでも芸術的な腕であったが、上忍《じょうにん》たるカンクロウにすら、一瞬本数を惑《まど》わせるほどのタイミングの取り方が、巧《たく》みだった。

「うおおおおおおお！」

巨人が、うるさげにその小柄を払おうとする。

だが、それはアマギの予測のうちだった。

「かかった！」

アマギの投擲《とうてき》した小柄が、銀色の帯を引く。まるで流星雨《りゅうせいう》のように、小柄は軌道を変え、巨人の腕を躱《かわ》して、その心臓に次々と突き刺さった。

（やはり、チャクラ糸か）

忍者の用いるチャクラを糸に伝導させ、これを用いて傀儡《くぐつ》人形を扱う技《わざ》は、砂隠れの得意とするところである。

これを小柄のコントロールに利用し、ある種のホーミング弾のように用いることに、アマギの独創があった。

（だが、若い）

「るうううううう！」

巨人が、全身に力を込めた。

「！」

異変に気づき、アマギが小柄を引き抜こうとする。が、一拍、否《いな》、半拍ほど遅れた。

稲妻《いなずま》だ。

巨人の全身から放たれた稲妻が、カンクロウと周囲の忍者たちをまとめてなぎ払った。

「アマギ！」

カンクロウたちはいい。

迅雷《じんらい》の衝撃で体勢が崩れただけのことである。だが、チャクラ糸を通して高圧電流の直撃を浴びたアマギは、そうはいかなかった。

糸の切れた傀儡のように、アマギの体が宙に舞う。

＊＊＊

「ア――――」

死ぬ瞬間、人は走馬燈《そうまとう》を見るという。

アマギは自分の死がもっと英雄的なものだろう、と想像していたが、事実はそうではなかった。

初陣《ういじん》から幾度《いくど》もの戦いを生き延び、自分の術が敗《やぶ》れるはずがない、という思いこみが、少年を惑《まど》わせた。

（こんな……）

こんなところで死ぬのか、という惑いだけがあった。

（まだ僕は……何もしていないというのに……）

意識が、深淵《しんえん》の闇《やみ》へと堕《お》ちる。

「おい」

その体を、抱きしめる暖かい腕があった。

「ア……？」

アマギはそれを一瞬だけ、父か、母ではないかと思った。

そう考えてしまうことは、恥ではない。人が、いくさ場で感じる当然の感情である。

「生きてるか」

カンクロウだった。

赤い、人ならざる何かを象《かたど》ったクマドリの下で、優しい瞳《ひとみ》が彼を見ていた。

＊＊＊

「磁遁《じとん》・雷神我《らいじんが》の術、というらしいじゃん」

アマギを比較的安全そうな岩陰《いわかげ》に隠すと、カンクロウはそう言った。

「その名の通り、己《おのれ》の肉体にスカラー場を展開し、その電磁気力によって周囲の質量物を吸収、見せかけの肉体として巨大化する術だ。ま、磁石で集めた砂鉄で人の姿を作る術じゃんよ」

ブリーフィングで一度解説した内容ではあるが、それをもう一度アマギに説明してやるのは、平常心を取り戻させるためだ。

忍者は、常《つね》に任務というものに身を置く訓練をした特殊な人々である。どれだけ血を流し、死の恐怖に怯《おび》えていても、任務の情報を聞くだけで、精神が自然に平静を取り戻すようにできているのである。

それが、人としての幸福なのかどうか、カンクロウは知らない。

ただ、今は目の前の若い部下が、恐怖の中で死なねばいい、と思うだけである。無論、応急の止血もする。

「スカラー場の展開には雷遁《らいとん》を使っているが、電磁気力の供給そのものは、歩行による圧電効果と、地中の花崗岩《かこうがん》を破砕することによる放電効果で行っている。本人のチャクラ以上のエネルギーを自然界から取り出せるのがウリだな」

「……すみません」

アマギはぎゅっ、とカンクロウの手を握った。

まだ、意識が混濁《こんだく》しているようだった。

なぜ詫《わ》びたかはわかる。

自分が、尊敬する上忍《じょうにん》の足を引っ張っている、と思ったのだろう。誰でもそうだ。生まれて初めてのA級任務《ランク》なら、なおさら。

(まあ、A級任務を最初にこなして動揺しないのは我愛羅だけじゃんよ)

カンクロウは、あの人形のような顔をした弟のことを思った。

＊＊＊

我愛羅が、最初のA級任務――つまり、上忍《じょうにん》クラスの忍者との交戦を想定したミッションに挑《いど》んだのは、十二のときである。

木ノ葉の中忍《ちゆうにん》試験と、それに伴《ともな》う、かの大蛇丸《オロチまる》による〈木ノ葉崩し〉の一件が終わって、さほどの時も経《た》たぬ頃だ。

伝説の三忍が関与し、複数の血継限界《けつけいげんかい》の術者が交錯した〈木ノ葉崩し〉そのものが、内々では事実上超A級任務として扱われていたが、それでもやはり、当時のカンクロウたちにとっては、〈A級〉という言葉には、ある種の憧憬《しょうけい》のようなものがあった。

あの頃、カンクロウは十四で、姉のテマリは十五だった。

今から思い出すと、ひどく懐《なつ》かしい。

あの戦いの中で、三人は出会ったのだ。

うずまきナルトという、太陽に。

＊　＊　＊

「カンクロウ様、来ます！」

下忍《げにん》の声が、カンクロウを回想の世界から引き戻した。

「じゃあ、ちょっと行ってくるじゃん。今度は手はず通りにな」

「……はい」

アマギは、素直《すなお》だった。

困難な任務の中で、自分が死ぬかもしれない、と想像できた天才児は、また強くなるだろう。

雷鳴を纏《まと》った巨人が一歩踏み出した。

カンクロウは、その巨人の進路上にわざと飛び出してみせる。

忍者と忍者の戦いで、姿をさらす、というのは、これは十中が八、九まで誘いの隙《すき》である。

我愛羅やうずまきナルトのようなごく一部の例外はいるが、例外は例外だ。

この場合のカンクロウの動きも、無論、誘っているのであるし、巨人もそれはわかっている。

が、巨人は、カンクロウに向けてずしん、ずしん、と歩きだした。

自分の〈雷神我《らいじんが》〉によほどの自信があるのだろう。

（似ているな）

似ている、と感じたのは、弟である我愛羅のことである。

砂と電磁場、形は違うが、どちらも〈絶対防御〉の術だ。

無敵の装甲でその身を守り、装甲そのものが武器となる。違うといえば、〈雷神我〉は巨大化の術で、我愛羅のそれは巨大化のような派手派手しさを伴《ともな》わない、ということか。

だが、巨大さには、見かけ以上のメリットがある。

（速い！）

あっという間《ま》に、巨人はカンクロウの眼前に迫っていた。

人は、巨大なものを、〝遅く〟感じる。

クジラでも、飛行船でも、雷車《らいしゃ》でも、十尾《じゅうび》のような怪物であっても、大きなものは非常にゆっくりと見える。

だが、それは単に目の錯覚なのだ。

一歩の歩幅が大きいほうが、速いのである。大人《おとな》と子供の徒競走《ときょうそう》を考えてみればわかることだ。

巨大なものは、速い。

小兵《こひょう》が素早さで巨人をかき回せる、というのは幻想である。

巨人の足が、カンクロウ目がけて無造作《むぞうさ》に振り下ろされた。

足の裏だけで、小さな家よりも大きい。踏みつぶされるどころか、すりつぶされてしまうことだろう。

ずん。

ずん。

ずん。

三度まで、カンクロウはその跳躍《ちょうやく》で躱《かわ》した。

だが、四度目の攻撃で、カンクロウは避《よ》けきれず、上に飛んだ。

巨人の膝《ひざ》を蹴《け》って、顔を狙《ねら》う動きである。

上忍《じょうにん》クラスの忍《しのび》は、宙に舞う木の葉ほどの足場があれば、それを蹴って跳躍することができる。巨人の足などは、絶好のものだ。

が、〈雷神我〉はただの術ではない。

（カンクロウ様！）

アマギは叫びこそしなかったが、心の内底で悲鳴をあげた。

カンクロウの足が巨人の膝に触れた瞬間、カンクロウの肉体が巨人の足そのものを駆動させている電磁場によって、バラバラに、文字通り四散したのである。

巨人が、にたあり、と笑う。

五体そのものが、彼の武器なのだ。

触れた箇所《かしょ》すべてを破壊する、それは絶対防御、というより絶対攻防の陣であった。

遠距離よりの攻撃を受けつけず、触れたものを破砕する。

巨人は、これまでの人生で敗北の土の味を知らぬ。

故《ゆえ》に、カンクロウも嗤《わら》った。

いいいいいいいいい
「！」

一挙動とは出ていない。半挙動にわずか。

四散したカンクロウが、無数の弾丸となって、巨人の全身に突き立ったのである。

ざ、と砂が動く。

カンクロウが立っていたはずの土中より、姿を現わしたのは、まごうことなきカンクロウの黒頭巾《くろずきん》であった。

単純なカラクリである。

跳躍すると見せたカンクロウはその実、背に負った傀儡《くぐつ》人形を己《おのれ》の身代わりとして巨人に向かわせ、みずからは地中に潜《もぐ》ったのである。

単純な詭計《トリック》であるが、そのタイミングの盗み方、人間心理の虚の突き方には、カンクロウ独自の工夫があった。経験の浅いアマギが騙《だま》されたのも無理からぬことである。

まして、巨人がその足下《あしもと》を注視できるはずがない。その真なる弱点は、視点が高すぎることにあるのだ。

「ウゴオオオオオオ！」

巨人が身をよじった。

アマギにそうしたように、電磁波を傀儡人形の糸に送りこもうというのだ。

だが、果たせるかな。

その身をよじり、苦悶《くもん》したのは巨人の側であった。

「ただ破片を撃ちこんだわけじゃないじゃんよ」

その様子《ようす》を見て、カンクロウは満悦《まんえつ》の笑《え》みを浮かべる。

観客の前で手品を披露《ひろう》する、芸人の顔であった。

経絡系《けいらく》、である。

忍術の要《かなめ》、生体エネルギー・チャクラの導管《どうかん》である経絡系に、過《あやま》たずカンクロウは己のチャクラ糸を撃ちこみ、いわば、相手を〝生きる傀儡〟としたのだ。

もちろん、カンクロウには他者の経絡を完全に見切る、〈白眼《びゃくがん》〉のような術はない。だが、たゆまぬ研鑽《けんさん》によって、油断《ゆだん》した相手の経絡系に己のチャクラを流しこみ、逆流させ、術を暴走させるくらいのことはできるのだ。

〈雷神我〉を維持《いじ》できなくなった巨人が、膝《ひざ》を突く。

熟練した忍であれば、数秒で立ち直るだろう。

そして敵手《てきしゅ》は熟練した忍であった。

ただ、彼にとって不運なのは、当初よりカンクロウが伏《ふ》せさせておいた中忍《ちゅうにん》三名が、飛燕《ひえん》の早業《はやわざ》で巨人……否《いな》、巨人であった忍を取り押さえたことである。

＊＊＊

「テロリスト、元・石隠《いしがく》れの里上忍《じょうにん》、〈雷神我〉カジュウラ。召《め》し捕《と》ったり」

カンクロウは言うや否《いな》や、巨人の主《あるじ》であった抜《ぬ》け忍《にん》、カジュウラの口と手に枷《かせ》を着けた。

言うまでもなく、自決を防ぐためである。

「殺さぬのですか」

傷ついたアマギが、悔《くや》しそうな顔をした。

「こやつには、自分の後輩が三人殺されました。その過程で、民《たみ》も十数人」

「そうだな」

カンクロウにはもう、その程度の死で感情を露《あら》わにするような心理はなかった。あの戦いでは、その数十、数百倍の忍《しのび》が死んだのだ。

「殺したいか」

「殺したいです」

「では、殺せ」

カンクロウはクナイをアマギに手渡した。

「ただし、こやつを殺せば、殺された下忍《げにん》や民が帰ってくるという保証がおまえにできるならだ。どうだ、できるか」

「そ、それは」

「できねば、殺したあとにおまえを殺す。死んだ忍は、そのつながりも里も吐かぬし、秘術の情報も持たぬ。ただのタンパク質と骨の塊《かたまり》だ。そんな無駄なものを作るやつは、俺の部下にはいらんじゃん」

「……できません」

「そうか」

　いい返事だった。

　もう何度か、修羅場《しゅらば》を生き延びられれば、きっといい忍になれるだろう。

「アマギ。殺したいのは俺も同じじゃん」

「……隊長」

「こいつは雇《やと》われテロリストで、わかっているだけでも百人以上の女子供を殺したやつじゃんよ。そりゃ、生かしておきたくはないじゃんよ」

　じろ、とカンクロウは転がされたカジュウラを見下ろした。目にも目隠しが打ってある。瞳術《どうじゅつ》を使わぬとは限らぬからだ。

「それでも、憎いから殺したら、やっぱり俺たちはこいつらと同じになっちまうじゃん。それは、できない」

「忍とは、堪《た》え忍《しの》ぶ者……」

「そうだ」

　ニカッ、とカンクロウは笑った。

　見下《みくだ》すのではなく、同じ道を歩こうとする男の笑《え》みだった。

「さあ帰るじゃん！　今日は、おまえらがA級任務を無事にこなしたお祝いじゃん！　山ほど、羊《ひつじ》の串焼《くしや》きをおごってやるじゃん！」

おおおお、と若い忍たちから今度こそ歓声《かんせい》があがった。

＊＊＊

「――以上が、三日前に行われたカジュウラ捕縛《ほばく》作戦の結果です。カジュウラの尋問《じんもん》結果から、その背後組織もあぶり出せつつあります。一両日中には、組織を一網打尽《いちもうだじん》にいたしましょう。そのあとの身柄《みがら》は、五影《ごかげ》会談にて」

我愛羅は、並《な》み居《い》る相談役の長老たちに長い報告書を読み終えてみせた。

砂隠れの里の支配者は〈風影〉たる我愛羅だが、その実際の権力者は、前線を引いた老忍たちである。

彼らは里を構成する複数の部族の代表者たちであり、我愛羅も彼らを無視して意志決定をすることはできない。毎週の報告会は、事実上、彼ら長老たちと〈風影〉の意思疎通《そつう》の場であった。

「ウム――さすがは〈風影〉。我ら一同、何の心配もいらぬ」

目の前のしわだらけの顔が、一斉《いっせい》にうなずく。

「さて、ところでなア」

正面に座る我愛羅の後見《こうけん》、相談役筆頭であるエビゾウがにたあり、と破顔《はがん》してみせた。

「そら来やがった」

と我愛羅の朋友《ほうゆう》、うずまきナルトなら舌を出すところだが、我愛羅はそんなことは言わない。

ただ、予想通りだな、とわずかに眉《まゆ》をくもらせるのみである。

「ここから先は爺《じじ》と婆《ばば》の茶飲み話よ。ナア〈風影〉」

「はい」

なにが茶飲み話であるものか。

ここから先が、つまりは相談役との報告会の〝本題〟なのだ。

これまでの報告など、相談役たちはとうに聞き知っている。これを告げるのは、単なる儀式、セレモニーに過ぎない。

相談役たちが〝私的〟に〈風影〉に依頼することが、つまりは砂隠れの真の意志なのである。

他愛《たわい》のないこともある。

たとえば、孫の下忍《げにん》がどうも任務運が悪いので、少し担当の中忍《ちゅうにん》に話してみてくれんか、とか。

あるいは、道路の砂だまりがひどくて難渋《なんじゅう》をしているから、大名《だいみょう》のほうにおまえから口を利《き》いてくれんか、とか。

いわゆる地域の顔役としての話である。

それならばいい。

忍者としての顔が覗《のぞ》くと、性質《たち》が悪いのだ。

曰《いわ》く、わしの術にどうにも不可欠な千年サボテンの出物《でもの》がない。雪《ゆき》の国の薬商が持っているというから、若い者を派遣《はけん》してくれぬか。

曰く、雨隠《あめがく》れの忍《しのび》に秘伝書を盗み取られた。表沙汰《おもてざた》にはできぬから、〈風影〉、どうかメンツを保《たも》つために秘密裏《ひみつり》に解決してくれ。

曰く、医療忍者の予算拡充にかこつけて、我が部族の毒使いにもひとつかふたつ、特別上忍《じょうにん》のポストを作ってもらいたい。

そういう、〝汚れ仕事〟や、〝横車〟が、相談役たちの〈風影〉へと押しつけたいことのすべてなのである。

〈風影〉に就任した当初は律儀《りちぎ》に聞いていた我愛羅も、最近はそれらをいなしたり、聞き流したりする術《すべ》を覚えた。すべてを聞き入れていたら、〈風影〉の立つ瀬も、彼が進める五里間の緊張緩和《デタント》もありはしないからである。

（何が来るか――）

腹の丹田《たんでん》、チャクラに意識を込める。

これは冗談ごとではない。

熟達した忍者には、声にチャクラを乗せて、一瞬で人の意識を奪う、いわゆる瞬間催眠や不動金縛《かなしば》りの技《わざ》を日常的な会議の場で使う者がいる。忍者にとって、折衝《せっしょう》の場もまた戦《いくさ》と同じなのだ。

「我愛羅よ」

「はい」

「そろそろ、おまえも二十になったか」

「ハ……」

「早いものよのう。若き天才忍者、砂瀑《さばく》の我愛羅と呼ばれた〈人柱力《じんちゅうりき》〉の子供が、これほどに……！」

ガハハハハ、とエビゾウの側《そば》に座るトウジュウロウが笑った。

病《や》み衰《おとろ》えたエビゾウに続き、砂隠れの相談役ではナンバー・ツーと目されている男である。現役を引いてからまだ数年、さすがに筋量こそ衰え、髪と髭《ひげ》は真っ白になってはいるが、眼力《がんりき》にはいささかの衰えもない。巌《いわお》のような老雄であった。

「〃木ノ葉崩し〃ではその天才もキリキリ舞いさせられたものであったなあ。ハハハ、猿も木から落ちるか」

「お恥ずかしい限りにて」

昔の我愛羅なら、反射的に殺していたかもしれなかったが、今の我愛羅にそんなつもりはない。人の世界は、こういう言葉のやりとりでできあがっていて、そこで一々殺したりしないからこそ、母なりナルトなりが愛した今のこの世界があるのだ、ということはわかっている。

だから、殊勝に頭を下げてみせることも覚える。

(老人たちは話の枕が長い――結局、何が言いたいのだ?)

自分の働きぶりに文句をつけたい、という顔でもない。

むしろ、相談役たちには弛緩《しかん》した雰囲気がある。和《なご》やかさだ。おそらくは、これからの〃議題〃について、とうに根回しがすんでいて、そこに意見対立もないのだろう。

「二十といえばな、もういい年だ」

「は」

「だからな、我愛羅よ」

エビゾウが何度か首を縦《たて》に振って、また笑った。

赤子のような笑《え》みだった。


「嫁を取れ」


「は――は？」

我ながら、間《ま》の抜けた声だ、と我愛羅は思った。

虚を突かれる、という言葉がある。

虚とは、意識の外にある死角である。

人は三百六十度、すべての方向を見ることはできないが、たとえば視界の外から友達がやってきたり、あるいは飼い猫が足下《あしもと》にじゃれついてきても、それを知覚できる。

これは、意識が周囲の外なる世界に常《つね》に飛んで、〝見えていない〟場所を〝見て〟いるからである。

忍者はこれを鍛《きた》えに鍛え、第六感までを駆使して、ほぼ全周囲・全感覚で世界を捉《とら》えている。それでも認識しきれないものがあるとすれば、それは想像もしていない場所である。

想像していないものは、絶対に見えないし、認識できないからだ。

これを〝虚〟と言う。

まさにこのとき、我愛羅は虚を突かれた。

エビゾウが幻術使いであれば、死んでいたやもしれぬ。

冷たい汗が、背を流れた。

常人ならば覚えぬ戦慄《せんりつ》を覚えるのも、彼が生粋《きっすい》の忍者であるからだ。

(まだ――修業が足《た》りない)

「おそれながら、なぜ、自分が」

「わからぬか」

「――もしや、姉、テマリのことですか」

「然《しか》り」

エビゾウがうなずいた。

「よいか。先代〈風影〉の嫡子《ちゃくし》は三人。テマリ、カンクロウ、そして我愛羅だ。そして、〈人柱力〉としての力を発揮したお主《ぬし》が、〈風影〉となった。その血統の重要性は、理解できよう」

「ハ――」

忍の世界は、多くが世襲《せしゅう》である。

もちろん、実力を示せば、襲名が他家から成《な》されることも決して珍しいことではない。たとえば木ノ葉隠れの里の重鎮《じゅうちん》たる猿飛《さるとび》の家からは、三代目以降〈火影《ほかげ》〉は出ていない。が、忍の術の無視できぬ多くの部分が遺伝による以上、その家を保っていくためには、やはり血縁は重要になる。

「無論、家を残していくだけなら養子ということでもよい。だが、やはり血の継承《けいしょう》がなくば、世人はそれを受け入れぬ」

「砂隠れの里の根本は部族にある。部族は、血を尊《たっと》ぶ」

「…………」

老人たちの言葉に否定できる要素はなかった。

うかつに反駁《はんばく》すれば、一気に攻めこまれる、と我愛羅は見た。だから彼は、老人たちの言葉を辛抱《しんぼう》強く聞く、聞き役としての孫のように振る舞った。

「そこでな。テマリが木ノ葉の奈良の家に嫁《とつ》ぐ……これはいい。我らもそれを認めた」

「じゃがのう」

医療忍者相談役のひとり、イカナゴが扇子《せんす》で膝《ひざ》を打った。

「もし、この先におまえやカンクロウに不幸があったとしよう。そのとき、テマリと奈良シカマルの間に子が儲《もう》けられていたとしよう。すると……その子は、〈風影〉の唯一《ゆいいつ》の血脈、となろう」

「おっしゃりたいことはわかります。そうなれば、その子を養子として迎え、〈風影〉の血を保つ必要がある。ですが」

我愛羅は、嫌《いや》なことを口にしているな、と思った。

自分はあれほど親に道具にされたことを呪《のろ》ったのに、今、姉の生まれてもいない子を祝福するより先に、政治の道具であるかのように語っている。権力の椅子《いす》は壮麗《そうれい》で巨大だが、ひどく寒々しかった。

「ですが、そうなれば、奈良の家は外戚《がいせき》ということになる。当然、砂隠れの政局に木ノ葉が深く関《かか》わることになる……相談役の皆様は、それを恐れておいでだ、ということですね」

「左様《さよう》」

「しかしそれならば長幼《ちょうよう》の序《じょ》というものがございます。自分ではなく、まず兄カンクロウに」

我愛羅がそう言ったのは、別に面倒事を兄に押しつけようと思ったからではない。

カンクロウには、我愛羅にはない如才《じょさい》なさがある。若い忍者たちを飲みに連れていったり、悩みを聞いたり、そういうことができるのは、自分ではなくカンクロウのほうであるらしい。

我愛羅もそういうことをしよう、と思ったことはあるのだが、どうもうまくいかない。周囲の若者たちは我愛羅を尊敬しているのであって、我愛羅に自分たちの目線に降りてきてほしいわけではない、ということであるようだ。

『そりゃそーだろ。我愛羅は我愛羅だ。オレでもカンクロウでもねーってばよ』

いつのことだったか、ナルトはそう言って、笑った。

『一緒にバカやって遊ぶ友達もいればさ、困ったときに側《そば》にいてくれるとすげえありがたい友達もいるだろ？　我愛羅は、どっちかっつうと後のほうだってばよ』

その言葉は、ナルトにとっては日常の会話だったかもしれないが、我愛羅には救いになった。

何よりも、ナルトの中で自分が友達、という言葉に何の迷いもないことが、嬉《うれ》しくもあった。

であるから、カンクロウのほうがいわゆる〝リア充《じゆう》〟であるのだし、カンクロウのほうがよいのではないか、と考えたのは、我愛羅の忍者らしい冷静さなのである。

「それも考えた。が、カンクロウには断《ことわ》られてな」

「……ほう」

一拍遅れたのは、カンクロウが面倒事を押しつけた、とこれは悟《さと》ったからである。兄、カンクロウにはどこか飄々《ひょうひょう》としたところがある。我愛羅と同様の白皙《はくせき》の美貌《びぼう》を、わざと化粧に隠して、道化のように振る舞っているところがある。何かに縛《しば》られる、というのが嫌な男で、我愛羅とトウジュウロウが推挙してカウンターテロ部門の責任者としたときも、だいぶ手こずったものだ。

「〈風影〉であるお主が妻を娶《めと》らぬのに、自分が妻帯するのは不遜《ふそん》。まずは我愛羅に、とな。確かに、筋は通っている」

「……いかにも」

「それだけではない。総領が未《いま》だ未婚で後継者を定《さだ》めぬ、という事実は、大名衆が砂隠れを攻撃する格好《かっこう》の材料ともなっている」

「まあ、我愛羅よ」

エビゾウの黄ばんだ目に、優しさの微《び》粒子《りゅうし》のようなものが宿った。

「政治のこと、〈人柱力〉のことだけではないぞ。儂《わし》らはな、お主に過酷な運命を背負わせてしまった。家庭というものを与えてやれなんだ。故《ゆえ》に、お主には幸福になってもらいたい。それが死んだ者たちへのたむけにもなろう」

「…………………」

亡父へのわだかまりは、もうない。

穢土転生《えどてんせい》がもたらした再会は、過去の澱《おり》を洗い流してくれた。

確かに、それがひとときだったとしても、自分は愛されて生を受けたのだ、と思える。

「なればこそだ、我愛羅。里の者も……いや、おそらくは他里の友たちも、それを望んでいよう」

「相手は、すでに用意してある。よい娘だぞ」

「うむうむ」

写真までが出てきた。

もはや逃げられぬことは必定《ひつじょう》だった。

死地にあって、じたばたとあがいて見苦しくするのは忍のやることではない。その死地をどう生かすか考えるべきなのだ。

「……わかりました」

我愛羅は、頭を下げた。

我知らず、冷や汗が出ている。

あまりにも勝手の違う任務であることは間違いない。

「見合いの件、謹《つつし》んでお受けいたします。吉日《きちじつ》を選び、先方にご連絡いただければ、幸い」

そう言うのが、精一杯だった。

第二章 ハクト

不条理に忍耐するのが、忍《しのび》であるという。

忍とは堪《た》え忍《しの》ぶことだ、という。

だがまた、まっすぐ己《おのれ》の言葉を曲げないことが、忍道であるともいう。言葉を貫《つらぬ》くために、忍び生きるのだという。

男には、そのどれが正しいのかわからなかった。

強《し》いて言うならば自分がただ、今置かれている現状に忍耐し続けることができないということは、わかっていた。

それが、己を忍でなくする道であったとしても。

男は、己の想《おも》いを曲げずにいることしかできなかった。

そのような男であった。

＊＊＊

見合いの席が設《もう》けられたのは、砂隠《すながく》れの里から少し離れた、三日月《みかづき》型のオアシスの高級ホテルであった。

砂漠を見たい、という物好きな金持ちたちや、都会では味わえぬ賭博《とばく》やナイトライフを味わおうという観光客などを集める、派手派手しい土地柄《とちがら》である。

忍者たちの領域というわけでもなく、といって大名《だいみょう》たちの完全な支配下というわけでもない。

忍《しのび》の両家が顔を合わせるには、うってつけの場所であった。

もちろん、ホテル全体を従業員に至るまで砂隠れが借り切っていることは言うまでもない。そもそも、このようなことのために、砂隠れの重鎮《じゅうちん》がダミー会社を通して経営しているホテルなのである。

そのようなところが、今の我愛羅《ガアラ》の、新しい戦場であったのだ。

＊＊＊

（窮屈《きゅうくつ》だ）

それが生まれて初めての三《み》つ揃《ぞろ》いのダークスーツに対する我愛羅の率直《そっちょく》な感想であった。

「我慢しなさい。お見合いなんだから」

ぎゅう、と姉はそんな我愛羅の首をネクタイで絞《し》めた。

「いい？　今日の主賓《しゅひん》はあなたなんだからね。あなたより格上の服を、他の参加者は着られないの。この意味はわかるでしょう？」

「……ああ」

冠婚葬祭というのは、それに関《かか》わる家の〝格〟を見せつける場だ。

それが影忍《かげにん》ともなれば、否《いや》も応もない。

〈砂隠《すながく》れの五代目〈風影《かぜかげ》〉は、みすぼらしい男であった〉

そのような風評が流れれば里の傷にもなるし、それを聞かされた若い忍《しのび》が他の里とのもめ事を起こすかもしれない。

密偵であり、破壊工作員である忍者が風評を気にするのは一見奇妙に思えるかもしれないが、逆である。

その活動が表に出ることなく、証拠も死体も残さぬ忍にとっては、どれだけの任務をこなしたか、どれほどの戦士であるか、という評判こそが死命を決するのである。何より、忍ならざる大名《だいみょう》たちにはそもそも、他の手段で彼らを評価することができない。

だからこそ、どの里も任務の難易度設定や手配帳《ビンゴ・ブック》の評価には気を使う。

だが、やはり、窮屈ではあった。

「もう大丈夫だ、テマリ。ネクタイは自分でやれる」

「ほう」

テマリの目が据《す》わった。

「今我愛羅が締めてるのは、どのノットかわかるんだろうね？」

「ノット？」

「結び方！」

また、ぎゅ、と姉が首を絞めた。

「今日は主賓なんだから、ただ締めてればいいってもんじゃないのよ。もっと余裕を持たせて、ディンプルだって形を作って……シカマルもこういうのは全然わからないのよね……男っつうのは、どうしてこう……よし！」

何がよし、なのかはわからないが、テマリは満足そうなので、ひとまずそれでよいことにした。

「胸ポケットのチーフはシルクでいいわよね。中に解毒剤《げどくざい》仕込んでおくから。ただ、何かあるまで出すんじゃないわよ。これ、折り目にも意味があるんだから」

「暗号術か？」

「礼儀作法！」

バン！　と我愛羅の肩を叩《たた》くと、テマリは姿見のほうに向き直らせた。

（なるほど）

不思議なものだが、確かに普段の自分とは違っていた。

元々、我愛羅は端正な顔立ちである。そこに、わざわざ波《なみ》の国から取り寄せた、わずかに光沢《こうたく》のあるダークブルー生地《きじ》がよく映《は》えた。

靴は子羊《こひつじ》の革《かわ》を丹念に磨きあげたもので、目立たぬように蹴《け》り用の鉄板が仕込まれている。宝石を塡《は》めたタイピンとカフスにも小型の手裏剣《しゅりけん》を仕込んであるが、見た目のバランスは大きく崩れていない。

まず、美丈夫《びじょうぶ》と言ってよいだろう。

「よしよし」

満足げに何度かテマリはうなずいた。

「ま、姉らしいことができるのもこれで最後かもしれないんだから、面倒、見させなさいよね」

それはテマリの本音《ほんね》なのだろう、と思えたから、嬉《うれ》しいことだった。

＊　＊　＊

人の津波か、ゼツの軍勢か、というほどの挨拶責《あいさつぜ》めにあってようやく抜け出した頃には、日が落ちていた。

これでまだ見合いの当日ではなく、前日の宴《うたげ》なのだというから恐れ入る。

何しろ、砂隠れの里は砂漠の真ん中にある。見合いの相手はもちろん、来賓《らいひん》にしたところで、天候ひとつでたどりつけないこともある。

したがって見合いの期日の前後にはバッファが取ってあり、本日はいわば前夜祭なのであった。

「我愛羅様、このたびは」

「〈風影〉がいよいよ婚礼ともなれば、めでたいことです」

「婚儀《こんぎ》の折は、是非《ぜひ》ともまた盛大な祝いを」

押し寄せる客の大群をさばくだけでも、一苦労であった。それぞれの顔を覚え、如才《じょさい》ない対応ができるのは、我愛羅の非凡な記憶力あってのものである。招待客の中には、先代の頃に父の命《めい》で自分の暗殺計画に関《かか》わった者もいる。そうした人々に作り笑顔を向けるのが、今の我愛羅の戦場だ。

だから、その人波の向こうのバーカウンターに、久々に会う兄、カンクロウを見つけたときは、ホッとした。

相変わらずトレードマークの頭巾《ずきん》は脱いでいなかったが、タキシード姿が意外と堂に入ったものであった。

「よう」

「ああ」

「元気そうだな」

カンクロウは水割りのグラスを掲《かか》げてみせた。我愛羅も、冷えた茶の入ったグラスを不器用に掲げてみせる。

「相変わらず、酒はやらないのか」

「判断力が鈍《にぶ》る。対応力も落ちる。臓器に負担がかかる。好んで飲むおまえの気が知れん」

「まあ、そう言うな」

苦笑して、カンクロウはグラスの中の琥珀色《こはくいろ》の液体を干《ほ》した。

「――人間は、とかく間尺《ましやく》に合わないことをしたがるもんじゃん」

「……そうだな」

それは、わかる。

それを否定するほど、我愛羅もう、子供ではない。

少なくとも、触れる者すべてを殺し続けてきた自分に、他人の非理性的な行動を非難する資格はないだろう、と思っている。もちろん、〈風影〉としての立場はまた別にあるが、それは掟《おきて》に則《のっと》ったものだ。感情を元にして、他人を居丈高《いたけだか》に裁《さば》くようなことは、我愛羅にはもうできない。

「だからよ。酒に付き合ってやることだって、仕事のうちだってことじゃんよ」

「そういう……ものか」

「ああ」

微笑《ほほえ》んで、カンクロウはどこから取り出したものか、グラスをひとつ我愛羅に滑《すべ》らせた。

口に、運ぶ。

「！」

まずかった。

（なんでこんなものを、カンクロウたちは喜んで飲んでいるんだ）

しみじみとまずかった。

胃の腑《ふ》がただ熱くなり、辛《から》いとも苦《にが》いともつかず、どうもなんというかまずかった。マロングラッセが苦手なのはこのためではないか、と思えるほどであった。

戦場でよりまずい兵糧丸《ひょうろうがん》などを喰《く》うこともできたし、野草や泥を啜《すす》る訓練も受けていたが、それとはまた別のものだ。つまりこれは薬物の味で、摂取《せっしゅ》する訓練を受けていても、それを嗜好品《しこうひん》として受容するのはまた別の問題なのだ。

「まずいか」

兄は、ニヤニヤとそれを見ていた。どうやらその様子《ようす》が面白《おもしろ》くてたまらないらしい。

「うまくは、ない」

「そういうものじゃん」

何がそういうものなのかはわからなかったが、カンクロウはしみじみとうなずき、そして座っていたスツールを離れた。

「……もう行くのか、カンクロウ」

「元々、ここの警備主任に引《ひ》き継《つ》ぎをして、あとは顔出しだけじゃんよ。明日《あした》は滞《とどこお》りなく見合いが進むということなら、オレは里に戻るじゃん。あとは、テマリに任《まか》せる」

「わかった。息災《そくさい》でな」

「うまくやるじゃん、色男」

久々の兄弟の会話は、それだけだった。

これでも、この半年の会話としては、破格に長い。

〈風影〉である弟と、砂隠れのカウンターテロ部門の責任者である兄は、公務でこそ会話する機会は多かったが、プライベートでの接触は、加速度的に減りつつあった。

ふたりの接着剤だった姉、テマリが里を去る今、もはや、三人がひとつの生命体のように任務をこなしていたあの頃は、ひどく遠い幻のようにも、思えた。

＊＊＊

夜の闇《やみ》の中を、忍《しのび》たちが駆けていく。

必要とあれば忍者も雷車《らいしゃ》や汽車、飛行船などを使うが、基本的に徒歩であるのは、単にそれが常人よりもはるかに速いからである。道なき道を行き、千里の行程を休みなしに駆け続けることができる忍にとって、己《おのれ》の二本の足こそはもっとも信頼できる道具である。

ましてそれが、安定した道など望むべくもない夜の砂漠であればなおさらであった。ラクダよりも強靭《きょうじん》で馬よりも速く、忍者は砂の大海を駆けることができる。

その先頭を走るのはカンクロウであり、その側《そば》には、先の戦いの傷を癒《い》やしたアマギの姿がある。

木ノ葉隠《こはがく》れの里との技術協力において、医療忍者の技術は大きな発展を見た。五代目〈火影《ほかげ》〉こと、伝説の医療忍者である綱手《ツナデ》姫《ひめ》より伝授された医療忍術の秘伝の効果はめざましく、全身を電光で焼かれたアマギがほんの数日で任務に復帰することを可能ならしめたのだ。

「……カンクロウ様」

アマギが、口を開いた。

「やはり、解《げ》せません」

「何がじゃん」

わかってはいたが、カンクロウはあえて問うた。

周囲の若者——まあ、さほど年は変わらぬが——が何を不満に思っているのかは、わかっていてもわかるわけにはいかなかった。

「あのような贅《ぜい》を尽《つ》くした宴《うたげ》が、威信《いしん》のためとはいえ、必要なのでしょうか」

「みすぼらしい御輿《みこし》をありがたがるやつはいないじゃん。大名《だいみょう》にも、各部族にも、砂隠れの力を見せる必要があるじゃん」

「だとしても、です」

アマギの言葉には、怒気《どき》があった。

「下忍《げにん》たちは、風《かぜ》の国の軍縮政策の中で、使い捨てにされて死んでいきます。そんな情勢下で、あのような」

「…………」

アマギの周囲の部下たちも、その言葉に反駁《はんばく》はしない。

皆、思いは同じなのだ。

「軍縮体制下であればこそ、その必要性をアピールする必要があるじゃんよ」

「そのアピールは、大名たちに有効なのですか」

悩ましい問いだった。

彼らは世界を救った。

そのことに、いささかのやましさもない。

だが、あの戦いを知らぬアマギたち若手にとっては、尊敬する先輩である我愛羅やカンクロウが報《むく》われた、とは見えぬし、自分たちはさらに報われていない、と感じるのである。

なぜなら、国家間の戦《いくさ》が激減した今、若い忍者たちには手柄《てがら》をあげる機会は巡《めぐ》ってこないからだ。

「対テロ戦や、抜《ぬ》け忍《にん》狩りという形で、俺たちの出番はいくらでもある。迷い犬を探し回ったり、大名の家を掃除するだけが、忍者の仕事じゃないじゃんよ」

「ですが、あれでは大名や商人たちに媚《こ》びているようにしか見えません」

アマギの言葉は、重かった。

「我ら忍の者は、古来より大名たちを操《あやつ》り、天下に覇《は》を唱《とな》える存在であったと聞いております」

「表の政治事は、大名に委《ゆだ》ねる。それが忍のルールじゃん。権力にまみれ、金・酒・色に溺《おぼ》れれば、俺たちは忍ではなくなってしまう」

「六道仙人《りくどうせんにん》の教えは、胸に刻《きざ》んでおります」

チャクラを使う者たちの中で、侍《さむらい》と忍者を分けるのは、突き詰めれば〈忍宗《にんしゅう》〉の教えをどう捉《とら》えるか、である。侍たちはより精神主義的な方向に分かれた分派であるが、忍もまた、〈忍宗〉の示した、『チャクラによる人のつながりを、どのように生きるか』という教えと無縁ではない。

現実主義の塊《かたまり》のような忍者たちが哲学的であることは、民《たみ》から見れば奇異なことであるかもしれないが、忍術は現実を認識に従属させる技《わざ》でもあるのだから、精神的な啓発は必要なのである。

「ならばなおのこと、まつりごとに媚びるのは、忍道に背《そむ》くことなのではありませんか」

「アマギ」

カンクロウは声のトーンを低くした。

一定の批判は、許容する。

それが我愛羅の方針であった。そうでなければ、かつて殺人鬼であった己に付き従うような者はいない、と考えたからである。批判を許すことはガス抜きにもなるし、また不満をくみ取ることは組織を強くする、と考えたからである。

だが、それでも許せぬ一線はあった。

「我愛羅は、己の言葉は曲げぬ男じゃん。あいつは、砂隠れのために戦っている。それは、事実じゃん」

「……わかっております」

そうなのだ。

アマギも、他の忍たちも、我愛羅こそを希望と信じて、忍者に志願した者たちである。

長老に支配された砂隠れを変える、若き英雄だと。

だからこそ、その我愛羅が体制に絡《から》め取《と》られたように見えることは、許せぬことなのだろう。

少年たちは、潔癖《けっぺき》なのだ。

かつての我愛羅がそうであったように。

「我々は、前線で命を張るカンクロウ様こそが、我らを導く者だと思っております」

アマギの言葉は、いやに重く聞こえた。

そこには打算はなく、純粋な信頼だけがあったからだ。

（だから、困るじゃん）

自分の任務のことだけを考えていられた頃が懐《なつ》かしかったが、そうもならなかった。

＊＊＊

オアシスの湖上に月が輝いていた。

冴《さ》え冴《ざ》えとした、ひどく冷たい月だった。

我愛羅はあてがわれたスイートルームの屋根から、月を見ていた。結局、酒というものにはなじめなかったが、何もしない日、というのは珍しいことだったから、その意味では心楽しくあった。

いや、正確には何か仕事を見つけてこなそうとしたのだが、

「アホか！」

というテマリの一喝《いっかつ》で、ご破算になったものである。

「いい？　見合いってのは、どういう家庭を作るかってことなんだよ。そんなときに仕事を優先する男ってのがどう見られるか、ちょっとは考えな」

長い、説教であった。

が、同時に、なかなか仕事を他人に任《まか》せる気にならないのもまた、事実である。

我愛羅には、絶対防御の力がある。

こと、一般の忍者が相手ならば不死身と言っても過言ではない。

昔はそれ故《ゆえ》に、人を傷つけることにためらいはなかった。

今は、逆だ。

自分ではない、絶対防御を持たぬ誰かが傷つくことは、辛《つら》い、とわかった。

驕《おご》り、と言われればそうなのかもしれない。

が、それでもなお、死地に誰かを追いやって、自分が安全な場所にいることは、辛いことだった。

「ここにいたか、我愛羅」

〈風影〉である彼を、名で呼べる者は少ない。

一陣の風とともに彼の傍《かたわ》らに立った中年の忍《しのび》、バキは、その数少ないひとりであった。

砂漠の花崗岩《かこうがん》を風が年月をかけて削り出したような、武骨一辺倒の男である。

「バキか。どうした？」

彼は、我愛羅が下忍《げにん》だった頃からの上司である。現在は立場上は我愛羅の部下であるが、事実上は後見人《こうけんにん》のひとり、というほうが実相に近い。

故に、お互いの間に面倒な挨拶《あいさつ》だのなんだの、というものはない。

ふたりの間には師弟であり戦友でもある信頼のみがあり、そこには虚飾の入りこむ隙間《すきま》はない。

「なぜ、カンクロウを里に戻し、俺を見合いの警備などに呼んだ？」

「？」

我愛羅はわずかに首をかしげた。

「当初からその予定だ、とカンクロウからは報告を受けているが」

「この件は公務ではあるが、同時に〈風影〉の家の内々のことでもある。故にカンクロウ自身が担当する、と聞かされていた。それが急に俺に引《ひ》き継《つ》ぎの連絡があった」

「…………妙な…………？」

たとえ身内のことであっても、否《いな》、身内のことであればこそ、不審な動きについては警戒をおこたるべきではなかった。

「カンクロウを呼び戻すか?」

「今からでは間に合うまい。すでに、俺の手の者を里に戻らせている。いずれ命令系統は割れよう」

「……陰謀《いんぼう》とすれば粗雑だな。前後のつじつまを合わせれば、すぐに首謀者《しゅぼうしゃ》が割れかねぬ」

「無論、単なる連絡の手違いということもありえる」

バキがそう言ったのは、決して楽観論や、カンクロウをかばおうという意図ではない。先の戦いで、あまりにも多くの中堅《ちゅうけん》・ベテランの忍者を失ったことで、どこの里も老人と若者の比率がひどく高くなってしまっている。結果、事務仕事や調整のような、経験が物を言う地味な裏方仕事に割《さ》ける人手が大きく減じているのだ。

錯誤が錯誤を重《かさ》ねて、さらなる混乱を招くようなこともありえる。

そして残念ながらミスを犯《おか》さない人間はいないのだから、ミスを許さないのではなく、ミスそのものを前提として、揺るがない計画を行うのが、組織人のあり方であろう。

「ありえることだ。バキ。だが、発覚するより先に事を起こす、拙速《せっそく》にこそ価値のある陰謀ということも、ありえよう」

「然《しか》り」

「……私事《わたくしごと》の見合いではあるが、今さら中止もならん。警備は引き続き頼む。調査もな」

一拍だけ逡巡《しゅんじゅん》して、我愛羅は言葉を続けた。

「木ノ葉の忍も招かれている。テマリにも、内密に」

「心得た」

バキは姿を消した。

我愛羅はしばらくの間、背負った瓢箪《ひょうたん》を撫《な》でていたが、唇《くちびる》は、言葉を紡《つむ》ぎ出《だ》しはしなかった。

＊＊＊

はらり、とかぶっていたベールが取れて、ひどく透《す》き通《とお》り、固体化した風があればこのようだろうと思われる美しく整った横顔が姿を現した。

美しい、女だった。

月並みすぎる表現であったが、我愛羅にはあいにくと広いボキャブラリーというものはなかったから、そういう表現になった。

「ホウキ族の、ハクトと申します」

黒真珠のようにつややかな髪が、肩口のあたりで綺麗《きれい》に切りそろえられていた。楚々《そそ》としたたたずまいの着物だが、よく見ると上質の生地《きじ》が使われ、嫌味《いやみ》にならぬ程度に玉石《ぎょくせき》で飾られていた。

肌はどこまでも白くまたつややかで、ほっそりとしていたがしかし痩《や》せすぎというほどではなく、ごくうっすらとした脂肪《しぼう》の下に、忍者としての鍛錬《たんれん》を窺《うかが》わせる筋肉の影があった。

（美しい）

それが我愛羅の率直《そっちょく》な感想であった。

てらいや、邪念《じゃねん》はない。

先入観なくものを見られるのは、彼の美質といえただろう。事実、ハクトの清楚《せいそ》で飾《かざ》りけのない、山百合《やまゆり》の花にも似た美貌《びぼう》は、まず第一級の美女と言えた。

ホウキの一族は女系だという話で、付き添いの親族もひとりを除いてみな老婆であった。

両親は、すでに戦《いくさ》に倒れたという。我愛羅の側も似たようなもので、テマリだけが親族付き添い、という形になっていた。数を増やしても威圧的になりすぎるので、世話役の同席を我愛羅が厭《いと》ったのである。

「我愛羅です。〈風影〉を襲名《しゅうめい》しております」

「今日は、どうかよろしくお願いします」

「は……！」

湖面を望む、レストランの個室である。

そんな場所で、このような美姫《びき》とふたり向かい合っている、というのは、生まれてこの方、初めての経験であった。

（動きに隙《すき》が多い……医療忍者、という話だが）

医療忍者は前線における生残能力を尊《たっと》ばれるが、それでも我愛羅のクラスと比較すると、やはり体術のスキルでは見劣《みおと》りする者が多い。木ノ葉の春野《はるの》サクラなどは、例外の類《たぐ》いである。

が、ハクトの背後に立つ、ひどく分厚いメガネをかけたくノ一の身ごなしは堂に入ったもので、上忍《じょうにん》クラスであることを窺わせた。老婆たちの中で、ひとりだけ我愛羅やハクトとさほど変わらぬ若さであることから見ても、護衛の類いであろう。

（いずれにせよ、妻となってくれるのなら、体術が問題になるわけではないしな）

そこまで考えたところで、我愛羅はわずかに赤面した。

眼前の乙女《おとめ》が、自分の妻になる、という想像がようやく現実に結びついたからである。

いや、無論それはこの見合いがうまくいってからのことではあるのだが、それについて想像を巡《めぐ》らすな、というのもこれは酷な話であろう。

「では、あとは若い方同士で」

通り一遍《いっぺん》のセリフを口にして、世話役の老人たち、ついでに我愛羅側の親族ということで出席していたテマリが退席をする。

「我愛羅」

すっ、とテマリが弟の耳元に口を寄せた。

他者に聞こえぬように、唇《くちびる》の動きと発音にずれを発生させ、秘密の会話を行う、忍者独特の話法である。

「ホウキ族の女は、夫になる男にしか素顔を見せないそうよ」

「……………？」

「ニブいわね」

いたずらっぽく、テマリは我愛羅の首を抱くようにした。

「脈アリってことでしょ？」

「あ、ああ……………！」

視界の向こうで、ハクトが微笑《ほほえ》んでいた。

＊＊＊

古人曰《いわ》く。忍術に陽忍《ようにん》と陰忍《いんにん》あり。

陽忍とはすなわち、情報戦において人と人とのつながりや公開情報を分析して敵の意図を探り出すことである。対人諜報《ヒューミント》や、電子諜報《シギント》などがこれにあたる。

一方で陰忍とはすなわち、敵地への潜入や破壊を行うことによって、敵の情報を得るなどして、こちらの意図通りの結果を導くことである。世人の考える忍《しのび》の技《わざ》とは、これであろう。

無論、上忍《じょうにん》である我愛羅はこのいずれにも通じている。熟達した陽忍の技の使い手は、何の変哲もない新聞の鉄鋼相場の値動きを見て、敵軍が兵を動かしたがっているかどうか、新型輸送艦建造の噂《うわさ》が真実かどうかをたちどころに看破することができるのだ。

故《ゆえ》に、忍者は熟達した外交官でもある。

A～B級任務の中には、大名《だいみょう》や大企業の関《かか》わる外交交渉をまとめたり、人質解放交渉などを行うものも多い。逆に、大名の派遣《はけん》している外交官が、実は上忍クラスの忍者で、諜《ちょう》報《ほう》活動を代行していることもある。

だが、しかしである。

それをこなせるのは、つまり私情が挟まらないからである。

いざ、目の前に妙齢の女性が座り、緊張の面持《おもも》ちで自分を見ている、という状況に対して、どのように接すればいいのか、ということとは、別なのである。

砂隠れの里には、我愛羅を慕《した》うくノ一は多い。

だが、それが色恋に発展したことがないのは、いわゆる〝悪い虫〟をこっそり排除してきたテマリの働きもあるが、それ以上にやはり、上司と部下、という関係性であろう。

もとより我愛羅にそのような意志はないし、部下たちの意識も、むしろ憧《あこが》れのアイドル、というほうが正確なのである。

故に、眼前のハクトに対して、我愛羅は何を言えばよいのかわからぬまま、五分が過ぎようとしていた。

（まずい）

戦闘でいえば、これはもう敗着《はいちゃく》である。

相手の出方もわからぬままずるずると精神力を消費した忍者は守っているのではなく追い詰められているのであり、やがて死ぬ。

それは、我愛羅がよく知っていることである。

「「あの」」

ふたりの言葉が、中空でぶつかり、その意味を察して、ふたりはまたうつむいた。

（いかん）

本番前にさんざん、姉から様々なアドバイスを受けたはずだったが、それらの言葉はどうしても記憶野《きおくや》から引き出すことができなかった。

〈無限月読《むげんつくよみ》〉にかけられたときに似ている。

己《おのれ》の心が、己の思うままにならぬ状態だ。だが、幻術ではない。断じて違う。もっと別の何かだった。

だが我愛羅は忍である。ただの忍者ではない。世界の忍の頂点に立つ五影《ごかげ》のひとりである。

己の内なる気を静め、数々の精神統一法を駆使すると、ふたたび彼は口を開いた。

「……ええと、ご趣味は？」

凡庸極《ぼんようきわ》まる、あるいはその凡庸さが極まった故にもはや彼にしか口にできない類《たぐ》いのセリフではあったが、時として忍者の戦いの中では、凡庸すぎる一点突破こそが状況を動かすものであることは、かのうずまきナルトを見てもわかることである。

「読書と……それから、琴《こと》を、少々。我愛羅様は？」

「サボテンの栽培を」

＊＊＊

「あのバカ」

天井裏に潜《ひそ》み、事の次第《しだい》を見守っていたテマリは天を仰《あお》いだ。

「凡庸《ぼんよう》にもほどがあるっつーのよ。その会話の何が弾《はず》むわけ？　相手の言ったことをきちんと受けて、返しやすいボールを投げろってあれほど言ったのに……ったく、シカマルといい我愛羅といい、なんでアタシの周《まわ》りの男っつうのはこういうときに常識がないのか……」

もちろん、ハクト側の親族や他の要人たちと会話をしているべきなのだが、そこを抜け出すくらいのことはテマリには朝飯前である。他人に常識をどうこう言える資格があるのか、という疑問は、毫《ごう》もない。

＊＊＊

「サボテン……？」

「サボテンです。鉢植《はちう》えが主ですが、最近は小さな温室を作ろうかと思っています」

もはや致命的だ、と天井裏でテマリは絶望的な顔になった。

（誰があんたの話をしろと言った！　相手に話させるの！　そこをうまくやれる男が、いい男なのよ！）

だが。

「わたくし、村の外に出たことがないので存じませんが、サボテンというのは、人の世話が必要なものなのですか？」

「はい。サボテンは砂漠のものだ、と思われがちですが、実際には土より芽を出す一般的な植物です。水を蓄《たくわ》えることは得手《えて》ですが、水がなければ育ちませんから、水やりにも工夫がいります」

「まあ」

ハクトは顔を少しほころばせ、驚いてみせた。

「わたくし、サボテンは水をやらずに育つものだと思っていました」

「自分も最初はそう思っていまして、よく枯らしてしまいました。ですが、生長期には鉢が乾かないほどに水をやる必要があります。生育が緩慢《かんまん》になれば、少しでいいのです。そこでやりすぎると、今度は根腐《ねぐさ》れてしまって……あ、いや、すみません。自分のことばかり」

「いいえ」

にこり、とハクトは笑った。作り笑いとは見えなかった。

「お会いするまで、〈砂瀑《さばく》の我愛羅〉と恐れられる忍者の方は、どれほど恐ろしい方かと思っていました。けれど、サボテンのお話を聞いていると、印象が変わりました」

＊　＊　＊

（お、おお？）

予想外のなりゆきに一瞬戸惑《とまど》ったテマリだが、すぐにガッツポーズを取った。

（よし、押せ！　そこだ！　攻めろ！）

もはや格闘技観戦の客のような顔であった。誰も彼も、彼女の常識の範疇《はんちゅう》で動くわけではない。今回の場合、それがよい方向に働いた、ということであろう。

＊＊＊

「ね、我愛羅様。わたくし、サボテンの花というのを見たことがないのですが……本当に、サボテンは花をつけるものなのですか？」

「ええ」

我愛羅は、背後の瓢箪《ひょうたん》から砂を取り出すと、その砂でサボテンを象《かたど》ってみせた。その先端部に、大輪の、えも言われぬ美しい花が咲く。

「このような花を咲かせます。タマサボテンの中には、二十年に一度しか花を咲かせない品種もあると聞きますが、自分が育てているものは、一年か二年に一度、というものがほとんどです」

「綺麗《きれい》ですね……」

「ありがとうございます」

園芸家なら誰でもそうするように、我愛羅もまた、我が子を褒《ほ》められたときの親のような顔をした。それは、彼がかつて育ての親である夜叉丸《やしゃまる》に向けられたのと、同じ種類の笑顔であった。

「花が咲けば、サボテンは植え替えてやらないといけません。命を生み出すときに、サボテンは生命力を消費するんです。それがまた、育てる側の楽しみですが……」

「本当に、お優しいんですね」

「優しい……？」

似合わぬ言葉だった。

かつて、世界のすべてを憎んでいた自分が、そのように言われる日が来るとは、思わなかった。

＊＊＊

（まあ、確かに。村から出たことのないホウキ族のお姫様なら、我愛羅の昔を知ってるわけじゃないものね）

人は、過去の印象を引きずりながら、今の人間を認識する。

我愛羅が周囲から畏怖《いふ》されているのは、やはり過去の、残忍な時代あってのものだ。

過去を知らないハクトが、今の我愛羅を、素直《すなお》に優しい、と捉《とら》えるのは、おかしなことではないのかもしれない。

だとすると、それはとても喜ばしいことだ、とテマリは思った。

とてもとても、喜ばしいことだ。

＊＊＊

「あなたが〈風影〉になってより、ホウキの暮らしは大変に落ち着きました。知っての通り、我らの一族は、医療忍者や諜報《ちょうほう》の専門家など、いわゆる裏方です。そして、これまでは砂隠れの政治の中枢《ちゅうすう》には置かれていませんでした。理由は、ご存じでしょう?」

「ええ。あなた方がかつて、木ノ葉隠れから砂隠れに下った一族だからだ、と」

そのようなホウキの一族が結婚の相手に選ばれたのは、トウジュウロウが強く推《お》したからだという。長年の忠誠を重く見、また諸部族に対して中立であるが故《ゆえ》に、外戚《がいせき》が強くなりすぎない、ということもある。

「そうです。ホウキの一族は、火《ひ》と風《かぜ》の国境にあるが故に、ふたつの大国の間で翻弄《ほんろう》されてきました。けれど、あなたは偏見《へんけん》なく、ホウキを使ってくださった」

「……それは、買いかぶりです。自分は、使えるものを使ったにすぎません」

それもまた、ひとつの事実だった。

　権力基盤が脆弱《ぜいじゃく》な我愛羅には、過去のしがらみだのなんだので、使わなくていいコマ、などというものはなかったのだ。〈風影〉として必死に、里のためだけを考えて行動した結果、それが公平になった……というのが、我愛羅の認識である。

「それでも、そういう方であれば、お会いしてみたい、と思ったのは、確かです」

「そうですか」

　言葉は平凡だったが、我愛羅は、未《いま》だ彼が知らぬ安堵《あんど》のような感情を味わっていた。

　確かにそれは、彼が戦い続けた政治という戦場の成果が、報《むく》われたのだと思えたからだ。

　その喜びは、初めてサボテンが花をつけたときのそれに、似ていた。

第三章

月光

男は、忍耐を続けていた。

生まれた一族のため、血の宿命のため。

愛する人と結ばれないこともまた、忍者としてのやむを得ない道だと思っていた。

だが、男の前に現われた影は、あまりにも壮麗《そうれい》で、あまりにも輝かしかった。

男が欲してやまない何もかもを持っているその影を、男は憎み、妬《ねた》み、そして悲しんだ。

故《ゆえ》に男は、忍耐することをやめようと思った。

影の名を、〈風影《かぜかげ》〉と言った。

＊＊＊

突如《とつじょ》、爆音が響《ひび》いた。

(！)

反射的に、我愛羅《ガアラ》はテーブルを蹴《け》って飛び、向かい側に座るハクトを抱きかかえるようにして、床に倒す。

「伏《ふ》せろ！　喋《しゃべ》るな！」

乙女《おとめ》に戸《と》惑《まど》っていた純情な青年の姿はない。ためらわず、ハクトを暴れないように押さえつける。

（爆発は……二百メートルほど西か。陽動だろうが……）

次の爆発がこの建物ではない、とは限らない。

瓢箪《ひょうたん》から展開した砂で防壁を作り、盾《たて》にする。それでも伏せなければならないのは、自分はともかくとして、ハクトが衝撃波や轟音《ごうおん》などで傷つくことを避けるためだ。

「テロ……ですか」

「おそらく」

ハクトに怯《おび》えの色はあるが、パニックの気配はない。

鍛《きた》えられているのだ、とわかる。

が、実戦の空気というものは違う。顔面はすでに蒼《あお》くなり、恐怖していることがひしひしと伝わってくる。

（爆発の地点に、バキたちは向かわざるを得ないはずだ）

陽動作戦、というものが厄介《やっかい》なのは、囮《おとり》だとわかっていても、それに対応しなければ負けてしまう、という事実だ。

テロというものが、攻撃側に圧倒的なアドバンテージがあるのはまさにこれなのである。防御側である我愛羅たちはあらゆる時間、あらゆる場所への攻撃を警戒せねばならないが、攻撃者は自由に、自分の望む場所を攻撃できるからだ。

義兄となるシカマルの言葉を借りて言えば、

「盤面が無限に広くて、王様があちこちに配置されてて、おまけにこっちの布陣を見てから敵が駒を毎回好きな場所に置ける将棋《しょうぎ》みたいなもんだ。しかも敵の王様はどこに置いてあるかすらわからねー」

ということになる。

(どうする……?　砂の防壁を続けるか……?)

それは弱気だ、と二秒で我愛羅は判断した。

砂による防御は、亡《な》き母のチャクラが自動で行うが故《ゆえ》に、事実上無限に使用できる。が、それ以外のことには自分のチャクラが必要だ。動く、探知する、反撃する――それらのチャクラは今は豊富だ。今は。

(敵はオレの能力を把握《はあく》している、と考えるべきだ。絶対防御でしのぎきれる攻撃は、かけてこない)

先の忍界《にんかい》大戦で得たものは大きいが、失ったものもある。

そのひとつが、術の秘伝の多くが失効したことである。他里の忍者たちの前で、秘術の数々を晒《さら》すことになった。その結果として、多くの術のアドバンテージが失われた。我愛羅の絶対防御も、例外ではない。

「あなたは」

震えるハクトの手首をぎゅっ、と握った。

おぼろげに、母か、夜叉丸《やしゃまる》がそうしてくれて、安心した覚えがあったからだ。

「オレが守る」

砂の結界《けっかい》を解く。

同時に、手裏剣《しゅりけん》が来た。窓外からだ。

「読めている！」

手のひらに集中した風遁《ふうとん》で、弾《はじ》く。

窓から飛びこんできた影は、ふたつ。

「離れないで」

左手で抱くようにしながら、後方の壁に向かって飛んだ。

右上方、窓とは九十度別の方向に、あらかじめ隠しておいた手裏剣を投げる。

「ぐあっ」

短い悲鳴がして、血の雨がしぶいた。

同時に、飛びこんできた影ふたつが崩れる。

案《あん》の定《じよう》だ。

傀儡《くぐつ》の術である。

チャクラを巡《めぐ》らせた糸で動かした人形を突入すると見せ、そちらに我愛羅が向かえば背後から本人が襲う。見《み》え透《す》いた手だ。

スライディングで遮蔽物《しやへいぶつ》の陰《かげ》に滑《すべ》りこむ。

ハクトは、羽根のように軽かった。動きのさまたげにはならないが、手が使いづらいのだけが、難儀《なんぎ》する。

(外の護衛が来ないのは、倒されたということか)

案じてもいないし、怒ってもいない。

ただ、それを事実として冷静に受け止めるのみである。死は、死だ。

＊＊＊

（不覚……！）

一方、天井裏に潜《ひそ》んでいたテマリもまた、暗闇《くらやみ》より現われた糸使いの忍者によって、その四肢《しし》を絡《から》め取《と》られていた。両足、胴、右腕、左手、喉《のど》が絡め取られ、動く部位といえば、わずかに左肩のみ、というところ。

こちらはまったくの出歯亀《でばかめ》による自業自得《じごうじとく》以外の何物でもない。

「ククク……！　あがけ、あがけ」

糸の先より、嘲弄《ちょうろう》する声がする。

忍者が己《おのれ》の位置を晒《さら》しても良い、と考えるのはただひとつ、勝利を確信したときだけだ。当然であろう。

「怯《おび》えろ……あえげ！　だがこの糸は、年経《へ》たる大蜘蛛《おおぐも》のそれをチャクラにてより合わせたるもの。そなたがあがけばその身を締《し》めあげ、チャクラを奪う。貴様ら得意の風遁《ふうとん》ごときで、切れはせぬ、ほどけはせぬ」

胸乳《むなぢ》が締めあげられ、呼吸が途切れそうになる。

声の主《ぬし》の言葉に偽《いつわ》りはないようだった。

（だが……やつは己《おのれ》の言葉に酔っている）

相手が〝おんな〟と見れば、かさにかかって調子に乗る男の忍《しのび》は多い。逆にくノ一でも、相手が男と見ればテンションが上がるやつはいるのだから、人間の愚《おろ》かさ加減に変わりはない。

しかし、そこにつけこむのもまた、くノ一である。

「くっ……！　ひと思いに、殺せ！」

多少わざとらしいのではないか、とも思ったが、自信はあった。風に乗せて声を飛ばしているから、聞こえたはずである。

「ほう」

果たして、闇の奥で動く気配があった。

（食いついた）

後は、その餌《えさ》をどう釣り上げるかである。

＊＊＊

壁際《かべぎわ》に追いこまれた我愛羅は、テマリのことに気づいてはいない。

もっとも、気づいていたとしても、我愛羅はハクトを優先したであろう。

姉に対して薄情なのではなく、テマリを信じているからであるのは、言うまでもない。

考えているのは、まずハクトを生かし、次に己《おのれ》をどう生かすか、である。

「我愛羅様」

ハクトの目が、我愛羅の横顔を覗《のぞ》きこんだ。

その瞳《ひとみ》が、濡れていた。

無理もない。

今、彼女は目の前で生まれて初めて、人が死ぬのを見たのだ。

いくさ場の死は、病院のベッドの上で死ぬのとはまるで違う。

さっきまで動いていた人が、突如《とつじょ》として、無念の表情を浮かべて動かなくなるのだ。そして、それは次の瞬間に、自分に訪れるかもしれないのである。

その状況に恐怖するなというのは、酷だ。

恐怖は想像力と、生きていたいという欲がもたらすものだからである。つまり、希望があるから、明日《あした》のことを考えることができるから恐怖するのだ。

本当に絶望した人間が恐怖しなくなるのを、我愛羅は幾度《いくど》も見ている。

つまり、ハクトが恐怖しているのは、健全さの証《あかし》なのだ。

（だが、まずい）

医療忍者であり、下忍《げにん》の資格こそ持っているとはいえ、やはりハクトは事実上の素人《しろうと》である。

もっとも恐ろしいのは、素人である彼女がその恐怖に負けて、我愛羅の予想できない行動を取って、傷つくことである。

「御免《ごめん》！」

ハクトを抱いて、飛ぶ。

狙《ねら》いは、狙撃手《そげきしゅ》が遠くから狙っている窓である。

敵は、狙撃手を配置した窓以外の場所から我愛羅が逃《のが》れると考えているはずである。そこに待《ま》ち伏《ぶ》せの忍《しのび》を伏せていよう。

そこが我愛羅の付け目であった。

窓のへりを蹴《け》って跳躍《ちょうやく》する。

眼下に、ホテルの庭園が一気に開けた。

悪手《あくしゅ》である。

護衛対象をかばいながら、狙撃手の待《ま》ち構《かま》えるオープンフィールドに出る。

忍者学校《アカデミー》の答案なら零《れい》点であろう。

だが、それゆえに、狙撃手の対応は一拍遅れた。

眼前より、超音速のクナイが迫る。雷遁《らいとん》か風遁《ふうとん》の類《たぐ》いで加速されたものであろう。通常の忍なら、意識する前に脳髄《のうずい》を貫《つらぬ》かれて死んでいる。

しかし、我愛羅の瓢簞《ひょうたん》より展開された砂は、そのクナイをこともなげに払った。〈砂《すな》の盾《たて》〉。我愛羅の意志すら関《かか》わりなく、彼を守る絶対防御である。

超音速の衝撃波は、風遁で殺す。ハクトを抱きながらでも、印《いん》の動きにはいささかの揺るぎもない。

庭木を蹴って跳躍。

砂を展開し、グライダーのようにして、狙撃手の方角へと、飛ぶ。

（あそこか）

建設中のビル、鉄骨の足場に隠れるようにして、都市迷彩の忍者がふたり。

狙撃手の護衛と標的の観測を務める観測手《スポッター》の忍が、我愛羅に気がついて慌《あわ》てふためいているのが見えた。

（遅すぎる。いつもいつも、狙撃対象が逃《に》げ惑《まど》うだけだと思うなよ）

奇襲に慣れた狙撃手の多くは、自分が奇襲し返されるとは思っていない。

それが、数えきれぬ暗殺を生き延びた我愛羅の実感である。

「目を閉じて」

「――はい」

急降下。すれ違いざまに、砂の刃《やいば》が観測手の首を切断する。

狙撃手より先に観測手を倒したのは、護衛を兼《か》ねているのが通例だからだ。

どのような忍であったのか。どのような人生を送っていたのか。そもそもなぜ、自分を殺すつもりになったのか。

今の我愛羅は、そのようなことは考えない。

考えるのは〈風影〉に戻ってからである。

この時はただ、一匹の雄《おとこ》として、腕の中で震える女を守りたいと考えるだけである。

初めての色恋の香りに惑う純情な青年はいない。ただ、乾いた砂漠の風のような、透徹《とうてつ》した意志が凝固《ぎょうこ》した〈おとこ〉がいた。

狙撃手が印を組む。

風遁。

真空刃《しんくうは》だ。

大気の間にチャクラで真空の層を作り出し、周囲との気圧差によって対象を切断する、基礎的な技《わざ》である。

人体を破壊するのに、凝《こ》った技術は必要ない。信頼性の高い技を用いるのは、正しい判断だ。

相手が、ただの忍者であれば。

形成された真空刃を、〈砂の盾〉が弾《はじ》き返《かえ》す。

ただの砂ならば、気圧差によって吹き散らされるだろうが、我愛羅の砂の一粒一粒には
チャクラが込められ、魂《たましい》が宿っている。

ごう、と砂が躍《おど》った。

人の手の形をとった砂塵《さじん》の渦が、狙撃手の気道を正確に締《し》め落《お》とす。

殺すつもりはない。

死体は何も喋《しゃべ》らないからだ。

「大丈夫か」

蒼白《そうはく》になっているハクトを、鉄骨の陰《かげ》に降ろす。

「私は大丈夫です。我愛羅様は」

「オレは……」

言いかけて、我愛羅は眉《まゆ》をくもらせた。

工事現場のエレベーターが動き、中からひどくニヤついた笑《え》みを浮かべた、同じ顔をし
た忍者がふたり、降りてきたからだ。中肉中背の一見、何の変哲《へんてつ》もない若い男ふたりだが、
消しようもない気配を纏《まと》っていた——血の臭《にお》いだ。

「〈風影〉様だな？」

「貴様らは？」

「俺は金色《こんじき》エトロ。こっちは弟の金色メトロ。お楽しみのところ悪いが……死んでくれや」

エトロと名乗った男の瞳に、殺意の赤が宿った。

望むところだった。

＊＊＊

「へっ……物わかりがいいじゃねえか」

好色そうな笑《え》みを浮かべて、男はテマリに近づいてきた。

足下《あしもと》で我愛羅が去ったらしいのに慌《あわ》てていないのは、この忍者に与えられた任務が、護衛の排除だからだろう。

とはいえ、自分が叩《たた》かれれば、この忍者が我愛羅のもとへ向かうのは火を見るより明らかだ。

たかだか糸使いごときにあの我愛羅が倒されるとも思えないが……しかし、そのような楽観が足をすくうのもまた事実である。

何より、自分が死んでしまったら話にならない。

「オレぁよう、こう見えても慈悲深《じひぶか》いほうでなあ」

男の息が首筋にかかる。

(今だ!)

ためらわず、テマリは唯一《ゆいいつ》自由になる左肩の関節を外《はず》した。

「!? こいつ……!」

無論、肩が外れたからと言って腕が外れるわけではない。だが、その結果として、わずかにテマリを拘束《こうそく》していた糸がたわむ。

袖《そで》に仕込んでおいた爆破用の符《ふ》を取り出すには、十分すぎる隙間《すきま》だった。

「これで!」

相手にぶつけるような愚《おろ》かなことは考えない。

狙《ねら》うのは、テマリ自身だった。

至近距離、爆発。

男が飛《と》び退《の》く。

だが、遅い。

右腕と胴、そして左足が動くようになった。

それだけ動けば十分すぎる。

全身が焼けつくように痛むが、それは生きている証拠だ。

沈みこむように、男の糸を回避しながら、右腕で左肩をはめ直す。

第二撃。

左手で抜いた扇子《せんす》から風を放ち、糸を弾《はじ》く。弾体が軽いのが、こちらの付け目だ。

舞う。

右足は未《いま》だ固定されたままだが、それをあたかもポールダンスの支柱のようにして、テマリが踊る。

第三撃を回避しつつ、踊るように舞うように、扇子が残された糸を切り裂く。

「さて……楽しませてくれたお返しはするわよ！」

この期《ご》に及んでも糸にこだわるのは、糸こそ強力だがそれ以外の技《わざ》は持ち合わせていない、ということだろう。

（でも、念には念を……と！）

得意の風攻撃や口寄せには、屋内故《ゆえ》に頼りがたい。

仕込んでおいた手裏《しゅり》剣《けん》を、まるで花でも撒《ま》くように投げ上げる。男が、糸を引き戻して、盾《たて》を形成した。

「そう来ると思った！」

扇子を、投げ上げた手裏剣目がけて振り下ろす。

（風遁《ふうとん》・閃光華美《せんこうはなび》！）

流星雨《りゅうせいう》のように、扇子に打たれた手裏剣が風を纏《まと》って床に当たり、そして跳《は》ね上《あ》がる。

「！」

男が真意に気づいた。

だがもう遅い。

盾の死角から、跳弾《ちょうだん》となって突入した手裏剣が、男の全身に突き刺さる。

全身から血の花を咲かせて、どう、と男が倒れた。

「やれやれ……！」

どうにかしのいだが、こちらの消耗《しょうもう》も著《いちじる》しい。

「ミスった……！」

ぐらり、と視界が揺らぐ。

（このままだと……完全にアタシ、ばかじゃん……！）

その体を、誰かが支えた。

（え……？）

薄れゆく意識の中で、相手の顔が像を成《な》した。

「アア——！」

意外な顔ではあったが、少なくとも、味方ではあった。

「悪いけど……ちょっと、我愛羅のこと、頼まれてくれるかな？」

＊　＊　＊

エトロとメトロ、と名乗ったふたりの忍者は、へらへらと笑いながら、鉄骨の上を歩いてくる。

他にエレベーターが動く気配もなく、周囲に殺気もない。

残る刺客《しかく》たちはバキたちによって制圧された、と見るべきだろう。

だが、それでも自分に向けて詰めてくる、ということは、彼らが本命、ということだ。

「元・石隠《いしがく》れの〈金色《こんじき》の双子《ふたご》〉か。手配帳《ビンゴ・ブック》で見た顔だな」

「へーえ。〈風影〉様にも名が知れるとは、オレたちもえらくなったもんだねえ、メトロ」

「…………」

饒舌《じょうぜつ》な兄に比《くら》べて、弟は無口なようだった。

とりあえず、派手なピアスをしているのが兄、派手な指輪をジャラジャラいわせているのが弟、と我愛羅は認識することにした。

双子忍者は、その容貌《ようぼう》の類似性をトリックの材料に使ってくることも多い。あたりをつける材料は多いほどよいのである。

「聞いている。商船やビル破壊が専門の、卑劣《ひれつ》な抜《ぬ》け忍《にん》だとな」

「へーえ、へーえ。まあ、殺した数ならあんたには負けないよ。タンカー、ビル、なんだって壊したよ」

にたあり、と笑って、エトロは耳のピアスを撫《な》でた。

「でもねえ、でもねえ。あんたみたいに殺しちゃいないよ、砂瀑《さばく》の我愛羅」

「……………！」

「聞いてるよ。ほとんど同期だからさあ。〈木ノ葉《こは》崩し〉の中忍《ちゅうにん》試験よりチョイ先に中忍になったから顔は合わせてないけど……砂隠《すながく》れの殺人鬼、ってあんた評判だったもんなあ。気に入らないやつは殺す……前に立ったやつは殺す……敵も味方もお構《かま》いなしだ。ま、それに比べりゃあ、オレたち兄弟は自分の意志で殺してんだからヨォ、全然、全然！」

背後のハクトが、恐怖で震えたのがわかる。

目の前のふたりに対してだけではない。自分に対してもだ。

今ならわかる。

あの頃、自分は愛されていないと、そして愛されることに価値などないと思いこんでいた頃の、罪《つみ》の重さが。

背負った愛が消えないように、背負った科《とが》もまた消えはしない。永遠に。

「能書きはそこまでだ」

「おやぁ？　痛いとこ突かれて気にしちゃってますぅ、〈風影〉様？」

痛くないとは言わないが、我愛羅は口舌《こうぜつ》弁論の徒ではない。

喋《しゃべ》っていたのは、時間稼《かせ》ぎだ。

（砂縛柩《さばくきゅう》！）

敵の足下《あしもと》に這《は》わせていた砂が、あぎとを形成し、ふたりをもろともに喰《く》らい尽《つ》くす。

（！）

が、手応《てごた》えはなかった。

（分身か！）

使い古された手だが、それをこうも巧妙にやってのけるのは、幻術を組み合わせているのだろう。

だが、そう気づいたときには、我愛羅も砂縛柩の砂を展開して、センサー代わりにはしている。チャクラを巡《めぐ》らした砂を広範囲に展開することで、動体の位置を確認することができる。個体識別は難しいが、この場合、動いているものがすなわち敵だ。

（直上か）

真上。

重《かさ》なり合《あ》うように、太陽を背にしてエトロとメトロの兄弟は我愛羅の上を取っていた。

「行くぜェ！」

兄が熔遁《ようとん》で炎の輪を展開し、そこに弟が鋼遁《こうとん》で鋼鉄の弾《たま》を形成する。

「見せてやるぜ！〈金色の双子〉の殺《ころ》し間《ま》ってヤツをなァ！」

たかだか巨大な鉄の塊《かたまり》を作り出した程度で、我愛羅の絶対防御を抜けるとも思えなかったが、〈双子〉は射線上にハクトを置いていた。

見《み》え透《す》いた手だが、乗らないわけにもいかない。〈風影〉が縁談の相手たる姫を失った、となれば、その権威は失墜《しっつい》する。

否《いな》。

そのようなことは問題ではない。建前《たてまえ》だ。

たとえハクトが見知らぬどこか里人《さとびと》の娘であったとしても、あるいは女でなかったとし

ても、やはり我愛羅はそうしただろう。戦う力のない者が、自分の庇護《ひご》を求めているなら、
それが彼の〝護《まも》る〟意味だった。

(頼む!)

砂が巨大な防壁となり、我愛羅とハクトの盾《たて》となる。

「やっぱりそうするかよ! ヒーロー気取りが、今さらだってんだ!」

炎の輪をくぐるようにして、巨弾が放たれた。

思ったほどの速度、たとえば先ほどの狙撃《そげき》のような超音速ではない。十分に我愛羅の盾
で反応しきれる速度だ。

(質量も、十分支えられる……!)

事実、そうなった。

着弾!

巨弾を砂の盾が弾《はじ》き、止める。

貫通するより早く、チャクラの込められた砂が補修していくのだ。かつては都市全域に
対する爆撃すらも止めたことのある盾だ。たとえ一トン二トンの岩であっても止めてみせ
る、という自負が我愛羅にはある。

だが。

「危ない、我愛羅様！」

「!!」

ハクトの警告が、一瞬だけ我愛羅の反応を早くしてくれた。

巨弾が、変形したのだ。

(いや……溶けた!?)

熔遁の効果だ。

金属弾体の中に封じこめられた熔遁の炎が、内部で炸裂《さくれつ》したのだ。

内部で炸裂した炎のエネルギーは、弾体の中で紅蓮《ぐれん》の螺旋《らせん》を描く。その衝撃波による超高圧にさらされた金属弾体はあたかも液体のように振る舞い、着弾した瞬間、一点、すなわち着弾点目がけて噴出する。

これは衝撃波そのものも同様だ。金属弾体は、衝撃波を一点に集中させる鏡の役割をする。

するとどうなるか。

「伏《ふ》せろ!!」

砂を集中させる。だが、一点に集中された熔遁の炎は、絶大な威力をもって、その砂の防御を穿《うが》つ。

「ぐっ！」

撃ち抜かれた。

砂が崩壊し、周囲に飛び散る。

直撃ではない。だが、炎の嵐が、我愛羅とハクトを覆《おお》う。

(風遁・八重《やえ》疾風《はやて》！)

多重にミルフィーユ状に積《つ》み重《かさ》ねた真空の障壁《しょうへき》で、焦熱《しゃくねつ》そのものが直撃するのはかろうじて避けた。

右上腕に焼けつくような痛み。

久しぶりだ。

痛みはいつでも、教訓を与えてくれる。

(侮《あなど》ったつもりはなかったが……！)

「ハハハハ！　どうだい、どうだい？　なんでオレたち兄弟が呼ばれたか、わかったかい？」

砂塵《さじん》の向こうから、嘲笑《ちょうしょう》が響《ひび》いた。

「確かにな。オーバーキルな忍術にも使い道はある、か。人間ひとり殺すには、何ともおおげさな技《わざ》だ」

「質量のある物体なら、壊せないものはないさ。あんたには城ひとつと同じ価値があるって判断したってことよ」

もっともだ。

もちろん、この状況を脱する手はいくらもある。

問題は、その手を切ることで、ハクトが傷つくことだ。それだけは避けねばならない。

今の防御でチャクラを消費しすぎた。上忍《じょうにん》クラスを相手の二対一で、こちらから攻勢に出るのは難しい。勝つことが問題なのではない。どう勝つか、それだけなのだ。

（一瞬でいい……何か、やつらの気をそらせれば……！）

「護衛の連中をアテにしてるなら来やしねえぜ……あっちには、手練《てだ》れの衆をざっと二十は集めてある。あの〝暁《あかつき》〟にだって負けやしない」

〝暁〟並は吹かしすぎもいいところだが、兄弟の腕を見れば、手練れであろうことは間違いない。バキはともかく、部下の中忍たちと比較すれば、互角とみて良いだろう。

そしてこのふたりが、暗殺者の最大戦力であろうことは疑いもない。ふたつの〈血継限《けつけいげん》界《かい》〉を組み合わせ、擬似《ぎじ》的な〈血継淘汰《とうた》〉を模《も》すことに成功したほどの使い手である。その実力が秀《ひい》でていることは認めざるを得ない。

（増援は、当てにできん。腕一本でも、くれてやるか）

捨《す》て鉢《ばち》でも何でもない。

忍者というのは現実主義者である。

増援は間に合わぬ、と判断したまでのことである。

そしてこの場における勝利条件の最大のものは、ハクトを護ることにある。そう誓った以上、その言葉を貫《つらぬ》けないのならば、忍道も何もあったものではない。

そのときだ。

虚空《こくう》を引き裂いて一本の手裏剣《しゅりけん》がメトロに襲いかかった。

棒《ぼう》手裏剣、と呼ばれる、刃のついていない鉄の棒である。一撃の切断力は劣《おと》るが、その重量故《ゆえ》に、直撃すれば馬をも倒す。

手で打ち払ったメトロは、その重さを理解していなかった。

チャクラを込めた故に骨こそ折れなかったが、重量によって、腕がわずかにしびれたのである。

(誰が投げたかは、どうでもいい)

味方である、と信じるほうが先であった。

「ままよ！」

今を逃《のが》せば、次に機会は巡《めぐ》ってこない。

（砂城狼角《さじょうろうかく》！）

周囲を取り巻く砂が渦を巻いた。

先の攻撃で撒《ま》き散《ち》らされた砂である。

ただ受けそびれたわけではない。

むしろ派手に砂を撒き散らしたのは、反撃のための布石《ふせき》である。

ただ一瞬、相手の先《せん》の先を取る時間が必要だったのだ。

砂の中に、バクン！　といくつもの瞳《ひとみ》が開く。

その瞳はすべて、我愛羅の視神経に直結している。

常人ならば流れこんでくる膨大《ぼうだい》な情報量で瞬時に正気を失ってしまうところだが、我愛羅ならばできる。

砂の中にあるすべての情景を、同時に我愛羅は知覚する。

その行為には、ある種の安らぎすらあった。

なぜなら、我愛羅の持つ砂は、彼の母の魂《たましい》が宿る砂だからである。そのチャクラのあり方が、我愛羅の意識とは別に砂を動かしてくれているのである。

その砂とつながっている我愛羅には、疲労はあっても苦痛はない。それは、母が護ろうとしてくれた意志そのものであり、彼が護りたいと思う意志を、母が支えてくれている証《あかし》である。

それだけで、十数個の視界を同時共有するという行為に、耐えていけるのだ。

「そこだ！」

文字通り、四方八方から砂の弾丸がエトロとメトロのふたりを包みこむ。

「やべえ！　メトロ！」

弟の生み出した巨大な鋼鉄の盾が、砂の弾丸を弾く。

だが、そんなものでは止めきれない。

あらゆる死角から、我愛羅の展開した砂の弾丸が襲いかかるからだ。単なる乱射ではない。視覚を同期させることによってのみ可能となる、砂の結界陣《けっかいじん》である。

エトロとメトロのふたりは、急所への直撃を避けるので手一杯だった。

「加勢いたします」

す、と見慣れぬ影が、我愛羅の側《そば》に降り立った。

女だった。

ハクトに似た、すらりとした肢体《したい》の、冴《さ》え冴《ざ》えとした三日月を思い起こさせるくノ一である。

不似合いな瓶底《びんぞこ》状のメガネを除《のぞ》けば、まず一級の美女といってもよかった。

（あれは――）

記憶をたどった。

ハクトの付き添いで見た女忍者だ。

どこかで見たような、という印象があったが、ハクトに似ている、という以外の何かがあるとも思えなかった。いずれにせよ、今考えることではない。

「テマリ様より、こちらの場所を伺《うかが》い、助成に参《まい》りました」

「――助かる」

なぜテマリが自分たちの位置を知っていたのかについてはとやかくは言わぬ。自分を案じていてくれたくらいのことは、わかるからだ。

「ホウキ一族のシジマ――参る」

手品のように出現した棒手裏剣、その数、十本の指の間に、八本。

その八本を同時に、〝打つ〟。

大ざっぱに手裏剣を〝投げる〟と言うが、これは厳密には正しくない。厳密には、〝打つ〟である。対象の一点に運動エネルギーを〝打ちこんで〟倒す、という殺意が肝要《かんよう》で、〝投げる〟という行為だけが目的の煙玉《けむりだま》などとは違う。

シジマ、と名乗った女の棒手裏剣には、その殺意がまごうことなく打ちこまれていた。

八条の流星が、エトロ目がけて伸びた。

怒《いか》りの形相《ぎょうそう》すさまじく、エトロの炎が棒手裏剣を溶かす。

「舐《な》めるな、舐めるなァ！　こんな鉄の棒なんぞは！」

（！）

大気が変化したのを感じ、我愛羅は周囲に風を集めた。

その予測は正しかった。

「な、なんだ⁉」

八本の棒手裏剣が、爆発したのだ。

飛散する手裏剣の破片が、エトロの全身に突き刺さり、凄惨《せいさん》な血のしぶきをあげる。

（圧縮空気か！　風遁を使い、大量の空気を内包した手裏剣を打ったのか——熔遁で棒手裏剣が破壊されれば、その空気が溢《あふ》れ出《だ》すと同時に、手裏剣そのものが無数のつぶてとなって相手を倒す……！）

「——兄者《あにじゃ》！」

無言だったメトロが、焦《あせ》りの声をあげた。

その隙《すき》を見逃《みのが》す我愛羅ではない。

「どこを見ている。オレはここだ。貴様らの獲物《えもの》から目を離すな」

「‼」

砂の嵐が、巨大な刃《やいば》となった。

メトロの鋼鉄の盾をかいくぐるようにして、多頭蛇《たとうへび》のように伸びた砂の剣が、メトロの全身を切り刻む。

「メトロォ――――！」

エトロが慟哭《どうこく》する。

血の涙だった。

メトロの体が、落ちる。

高層ビルの頂点近くからの落下だ。おまけに、全身の急所を我愛羅によって切り裂かれている。助かるまい。

「うおおお！　人殺し、人殺しがぁ！」

エトロがチャクラも尽《つ》きよ、と無数の炎の弾丸を放つ。

もはやそれは我愛羅を殺しに来た冷徹な殺し屋の顔ではない。弟を奪われた兄の、悲憤《ひふん》である。

「身勝手な理屈もあったものだな」

だが、弟を失った今、それは炎の弾丸に過ぎぬ。

もはや我愛羅の絶対防御の敵ではない。

己《おのれ》とハクトを守りながら、我愛羅が突進する。

「貴様の破壊したビルや、沈めた船にも人は乗っていた――ただ、それを想像もしなかった貴様の罪だ」

「あ、ああああ――ば、バケモノ――」

巨大な砂の塊が、傲慢《ごうまん》なテロリストを呑《の》みこんでいく。

その光景は、確かに人のものではない、と思えたかもしれない。

「そうだな」

ごり。

ごり。

ごうり。

慣れ親しんだ感触。

人の命が、砂に染《し》みこんで消えていく。

「オレも、おまえも、忍《しのび》というバケモノ、人殺しだ」

ぞり。

ぞり。

ぞり。

もう、エトロは、あるいはエトロだったものは、動かない。

「それを自覚して——その力を律《りつ》して生きていく。そうできないなら——忍者ですらない」

消えた。

跡形《あとかた》もなく。

それが、我愛羅の日常だった。

＊＊＊

「我愛羅様！」

駆け寄ってきたハクトが最初にしたことは、着物の袖《そで》から美しい袱紗《ふくさ》を取り出すと、それを包帯代わりに我愛羅の焼けた肌に巻いてくれることだった。

「すみません……私をかばって……」

ハクトの瞳《ひとみ》が、濡れていた。

「せめて、手当をさせてくださいまし」

「いや、この程度の傷は問題ない。あなたの手をわずらわせるような……」

「ダメです！」

きっ、とその濡れた瞳が、上目遣《うわめづか》いに我愛羅を睨《にら》みつけた。

「戦いの中ならば、〈風影〉様の命《めい》に従います。ですが、今は戦いのあとですから、医療忍者の言うことを聞いてください。火傷《やけど》の跡《あと》を不潔にしておけば、どのような雑菌が入るかわかりません」

「あ、ああ……」

ハクトの手際《てぎわ》は、良い。

風遁《ふうとん》を用いて火傷を冷やすと、携帯していた清潔な水で患部を洗い流し、チャクラで細胞を補修しながら、手際よく布を巻く。

「この袱紗は、元々包帯にもなるよう特注させたものです。細胞の自然治癒《ちゆ》を助けますから、外《はず》さないでください」

「……すまない」

「いえ――」

にっこり、とハクトは気丈《きじょう》に微笑《ほほえ》んだ。

「本当のことを言うと、まだ怖《こわ》くて震えております。ただ、こうしていつも訓練してきたことをすれば、安心していられるのです」

「オレもです」

「え?」

「オレも同じです。訓練して、習い覚えた忍術を使って誰かを護《まも》っているときだけ、怖さを忘れていられる。オレは――忍者は、そういうものではないでしょうか」

たぶん、ナルトならこうするのではないかと思い、我愛羅は不器用な笑顔を作った。

その笑顔がハクトの瞳に映っているのを見て、そしてハクトが微笑みを返してくれたのを見て、我愛羅は、敵を殺したときとは違う、別種の達成感を得ることができた。

＊＊＊

「見合いを続ける――?」

バキの報告は、我愛羅を戸惑《とまど》わせた。

「通例の対処だからな」

バキはしれっとしたものだった。突入してきた忍《しのび》の半数は、この男に斬《き》られたという。

それでも、汗ひとつかいていないのは、さすがの技《わざ》だと言えた。

「テロによって公的な行事が中止できるとなれば、活気づく連中も多い。こういうのは、ヤクザ者の脅迫と同じだ。一度こちらが弱気を見せれば際限なく寄せてくる」

「しかしな……オレはともかく、ハクトが傷つく可能性はある」

「ほう」

にたあり、とバキは老獪《ろうかい》な男の笑《え》みを浮かべた。

「気に入った、ということか」

「いや、それは」

「嫌いではあるまい」

「……まあ、そういうことになる」

カカカ、と笑って、バキは我愛羅の肩を叩《たた》いた。

「それなら、なおさらこの縁談を続けねばならん——それでな、カンクロウのことだが」

バキの瞳《ひとみ》が、我愛羅のそれを覗《のぞ》きこんでいた。油断《ゆだん》ならぬ、策謀《さくぼう》の世界に生きる男の目だった。

バキは、数枚の写真を取り出した。

見知らぬ若い忍者が、相談役のトウジュウロウと面会している。

「トウジュウロウ殿《どの》?」

「会っているのは、カンクロウの部下、マイヅルだ。カンクロウはこの半年ほど――おまえに対して不満を抱《いだ》く若い忍者たちに担《かつ》ぎあげられようとしている」

「……〈風影〉宗家《そうけ》の嫡男《ちゃくなん》としてか」

「そうだ」

バキの言葉には、一片の情も介入《かいにゅう》していなかった。ただ、事実だけを述べる口調だった。

「後方で自分たちを死地に追いやるだけの我愛羅より、前線で共に命を賭《か》けてくれるカンクロウのほうがふさわしい……というのが言い分らしい」

「カンクロウが、裏切ると？」

「その可能性も考慮しておく、ということだ。この見合い話自体、陽動ということはありえる。おまえに里を空《あ》けさせるための、な」

「確かに、都合のいい襲撃ではある。外部にとってではなく、内部にとって……」

我愛羅の権力基盤は盤石《ばんじゃく》ではない。

〈暁《あかつき》〉に一度殺されたときには、生死不明の段階で、〈風影〉の座から降ろされそうになったこともある。たとえそれが、先代の〈風影〉が暗殺され、大蛇丸《オロチまる》に身を乗っ取られた、という里全体のトラウマに根ざしているとしてもだ。

だから我愛羅は、陰謀《いんぼう》を巡《めぐ》らし続ける他にない。

たとえ、もっとも信頼する味方を欺《あざむ》くことになってもだ。

＊＊＊

バキに警護を委《ゆだ》ね、与えられた部屋に戻ろうとした折、我愛羅はホテルの廊下でハクトと出会った。あの護衛のシジマも一緒である。

「これは……何やら、とんでもないことになってしまいましたね」

「私も……こういう方針だとは、聞かされていませんでしたから」

「権力というのは、階段に似ている、と亡《な》くなった父が言っていました」

自分が、父の言葉を反芻《はんすう》することがあるとは、と我愛羅は我知らず驚いていた。

あの第四次忍界《にんかい》大戦で思いがけず再会したことで、わだかまりはなくなったつもりではあったが、想《おも》い出《で》のようなものはない、と思っていたからだ。

「階段？」

「上に登れば登るほど見通しはよくなるが、足下《あしもと》は見えなくなる、と」

「そうですね」

ハクトはくすり、と笑った。不快な笑《え》みではなかった。

「でも、我愛羅様には、代わりに足下を照らしてくれる人がたくさんいますから、それは好ましいことだと思います」

「！」

我愛羅は目を丸くし、一礼したハクトが廊下を歩き去っていくのを、人形のように見守っていた。

＊＊＊

「やるじゃない」

「テマリか」

特徴的なシルエットはそのままだったが、廊下の角《かど》で様子《ようす》を窺《うかが》っていた姉のテマリは、あちこちが包帯に包まれた痛々しい姿だった。

「もういいのか？」

「ホウキの医療忍者って優秀よね。もう大丈夫よ」

「そうか。なら、ひとつ頼まれてくれ」

「ふーん。ハクトのこと？」

「そうだ」

我愛羅は照れもしなかったし、悪びれもしなかった。

す、と一通の文《ふみ》を取り出す。

「これを、頼む」

「なるほど。少しはわかってきたじゃない」

にや、とテマリが唇《くちびる》を微笑《ほほえ》ませた。

「何か、面白《おもしろ》かったか?」

「あんたも……父さんに似てきたな、って思って」

「……そうか」

「そうよ」

テマリは、廊下の窓越しに、空を見上げた。雲ひとつない、雨も降らない、切ない空を見上げた。

火《ひ》の国のように、水や森に恵まれぬ、砂とともに生きる人々の空だ。

「あたしたちはここで生まれた。父さんと母さんの子として。あたしやカンクロウに〈素質〉があれば、あんたに〈守鶴《しゅかく》〉を背負わせることもなかった……」

「いいさ。〈守鶴〉は友だ」

「ありがとう」

テマリは今度こそ、屈託《くったく》なく笑った。

「本当は、少しだけ。あたしだけ幸せになっていいのかな、って悩んでたの。でも、好きにやるわ」

「そうしてくれ」

今まで、テマリがどれだけ自分を犠牲《ぎせい》にして、里と我愛羅を支えてくれたのかは、よくわかっている。もう、自分の幸福を求めてもよいはずだった。

「じゃ、この手紙の件はね、確実に」

「頼む」

それだけ言って、我愛羅はあてがわれた部屋で休むことにした。眠れるときに眠っておくのは、かつて〈守鶴〉に取りつかれていたときからの習慣のようなものだった。

＊＊＊

袱紗《ふくさ》からほんのわずかに漂うハクトの香りは、懐《なつ》かしい記憶を思い起こさせた。

遠い昔、おそらくは生まれたそのとき、未熟児だった自分を思ってくれた母の記憶か。

それとも、育ての親である夜叉丸《やしゃまる》の想い出《おもいで》か。あるいは、カンクロウやテマリのようでもあったし、ナルトとの想い出のようでもあった。

やがて、我愛羅はまどろみの中へと落ちていった。

＊＊＊

「まずいことになった」

甘い夢の終焉《しゅうえん》を告げたのは、バキだった。

断《ことわ》りもなく寝室の枕元に立っていることで、その緊急性がわかる。

故《ゆえ》に、我愛羅も細かいことを聞こうとは思わない。

「どうした」

と短く問うのみだ。

それだけでいい関係だった。

「ハクトが、拉致《らち》された」

「！」

我愛羅は一瞬、ほんの一瞬だけ、自分が鈍《にぶ》っているのではないか、と己《おのれ》を呪《のろ》い、ついで腕に巻かれた包帯を見て、そのようなときではない、と考え直した。
〈風影〉が狙《ねら》いだと思いこんでいたのは、バキも我愛羅も同じだ。
忍《しのび》に必要なのは、悔《く》いることではない。
今を堪《た》え忍《しの》んで、貫《つらぬ》くことだ。

第四章

砂《さ》塵《じん》

一線を越えてしまえば、後は決壊するだけだ。

それは堤防でも人の心でも、同じだ。

だが、男はこれまでの間、不条理に耐え続けてきたのだから、それは許されることだと思ったし、女もまた、そう思っていた。

が、忍耐をしなくなった忍者は、忍者ではない。

忍者は、忍《しの》び、堪《た》えるから忍者なのだ。

では、忍者でなくなった忍者はどうなるのか。

決まっている。

獲物《えもの》になるのだ。

＊　＊　＊

「単身でハクトを追う……!?」

我愛羅《ガアラ》がそう言いだしたとき、バキは正直なところ驚愕《きようがく》と困惑《こんわく》を禁じ得なかった。

まともな頭領《とうりよう》の思考ではないからだ。

が、我愛羅は断固としてそれをやる、という。

「せめて、俺の部下からふたり、連れていけ。だが、捜索《そうさく》範囲を考えれば、三個小隊はいるだろう」

「ダメだ」

かつての部下はにべもなく首を振った。

「そうなれば、任務ということになる。公的な記録に残さぬわけにはいかん」

「――――！」

バキはようやくに、我愛羅の狙《ねら》いを悟《さと》った。

記録に残れば、この件が公《おおやけ》に出る。

この場合の公とは、もちろんＴＶやラジオのニュースの話ではない。

砂隠《すながく》れの里の上層部において、という話である。

〈正式な婚儀《こんぎ》の場ではないとはいえ、ホウキ族の姫、そして〈風影《かぜかげ》〉の妻となるべき女を、〈風影〉が守れなかった。これは大きな失点、攻撃材料となる〉

もちろん、我愛羅は自分の名声を惜しむような小さな男ではない。

彼が危惧《きぐ》しているのは、砂隠れの里が揺らぐことによって、ようやく目鼻のつき始めた緊張緩和《デタント》への里程標《りていひょう》が崩壊すること、ただそれだけなのである。

それをして、権力への執着《しゅうちゃく》と言う者がいれば、

(勝手に言わせておけばいい……)

という決意が、我愛羅の眼差《まなざ》しからは見て取れた。

男の顔であった。

「わかった。この場のことは、我らに任《まか》せろ。何事もなかったように振る舞う。朝まではな」

「ああ。日の出までには、ハクトを連れ戻す——!」

＊＊＊

「出立《しゅったつ》なさるのですか」

オアシスの出口付近で、女は我愛羅を待っていた。

「では、お連れください」

分厚い硝子《ガラス》のレンズの奥から、強い意志を帯《お》びた眼差《まなざ》しが、〈風影〉を見つめていた。

「気持ちはありがたいが」

我愛羅の言葉を、シジマはきっ、と視線で遮《さえぎ》る。

「これは、そもそも私の任務。護衛をことごとく倒され、傷を負った私が行うべきものです」

シジマは、そう言って脇腹《わきばら》の傷を見せた。

ハクトの護衛についていたホウキ族の中忍《ちゆうにん》三名はことごとく声もなく気絶させられ、わずかに意識を保《たも》っていたシジマも、脇腹を毒針で突かれて倒れた、という。

「足手まといだ」

我愛羅はとりあわず、その脇を過ぎて去ろうとする。

が、その袖《そで》を、強い意志を込めたシジマの手がつかんだ。

「毒は抜けていますし、急所ではありません。治療は受けましたから、やれます」

「…………」

はねのけようとしたが、我愛羅はなぜかそうできなかった。

（そうか）

覚えている。

誰かを強く思って、その身を投げ出そうとする忍《しのび》の声音《こわね》だ。

分厚いレンズに阻《はば》まれてその眼を覗《のぞ》きこむことはできないが、その言葉には、真摯《しんし》さがあった。

「似ているな」

「え？」

「おまえのようなことを言う型破りな忍者は、頑固《がんこ》で扱いづらい。たとえオレが死んでも追ってくるようなやつだ」

「おっしゃることがわかりませんが」

「……追い返すのが面倒になった、と言ってるんだ」

我愛羅は少し、ため息をついた。

不快な気分ではなかった。

＊　＊　＊

「そうか」

老人は、報告を聞き終えると、至極《しごく》満足そうにうなずいた。

トウジュウロウである。

「すべては計画通り、というわけだな」

「はい」

彼の前に傅《かしず》いているのは、カンクロウの部下、マイヅルである。

トウジュウロウは、若者を彼の前に這《は》いつくばらせるのを好んだ。マイヅルのように見《み》目麗《めうるわ》しい青年であれば、なおさらである。

それは、嫉妬《しっと》故《ゆえ》だ。

彼はかつて、砂隠れでも最強と呼ばれた体術の使い手であった。

体術だけではない。

風遁《ふうとん》の術も、口寄せも、幻術も、どの分野においても彼はぬきんでた存在であった。だが、何よりも、その軽《かろ》やかな身のこなしこそ、彼のアイデンティティであると言ってよかっただろう。

しかし彼は老《お》いた。

瞳《ひとみ》は彼の思うように世界を捉《とら》えず、足はかつての彼のように飛ばず、指は思うままにならなかった。

それでも、人は彼を超人と、老いて矍鑠《かくしゃく》たる英雄と称《たた》えた。

（だが、違う）

そうではない。

老いることは、降りることだ。

己《おのれ》のいた頂点から、少しずつ下《くだ》っていくことなのだ。

凡百《ぼんぴゃく》の忍者より、老いた我が身が優《すぐ》れていることが何になろう。頂点にいた若き日の己よりも、今の自分が上に行けぬこと。ただそれだけが口惜《くちお》しいのだ。

故に、トウジュウロウは若さを憎んでいる。

若者たちは彼よりも劣《おと》っているが、いつかは追い抜いていくことができるからだ。

(だから、儂《わし》は証明し続けるのだ。儂が、この里にとって必要な人間であることを)

トウジュウロウは、マイヅルにいくつかの指示を出すと、満足げにソファにその身をもたせかけた。

＊＊＊

砂漠の夜は、寒い。

昼間に太陽から降《ふ》り注《そそ》いだ熱を保持してくれる雲や大気中の水分、川や海や森といったものがほぼ存在しないからである。

だから、昼間には岩の上で目玉焼きが作れるほどに熱いのに、夜には凍傷を起こしかねないほどに冷えるのである。

『火《ひ》の国は風《かぜ》の国を征服できなかったのではない。欲しなかったのだ』

そう、火の大名《だいみょう》たちが言うのも無理からぬことである。

その冷えきった砂漠を、我愛羅とシジマは、ひたすらに駆けていく。

我愛羅の術で空を飛ばないのは、発見されるリスクを恐れていることもあるし、足跡を正確にたどるためでもある。また、チャクラの消費を防ぐためでもある。

「そこの砂丘を右だ。やはり、火の国の国境線に向かっているな」

ハクトをさらった忍者は、ひとりだった。

足跡でわかる。

手練《てだ》れと見て良いだろう。シジマたち護衛を倒したあとでありながら、息が乱れている様子《ようす》がない。風遁《ふうとん》を用い、足跡を消しながら移動する腕も巧《たく》みだった。

「相手がオレなのが、不運だったな」

我愛羅の独白は、不遜《ふそん》さの故《ゆえ》ではない。

砂、この砂漠の砂を家族として生きてきた我愛羅が相手でなければ、間違いなく広大な砂漠で追いきれず、逃げおおせていたことだろう。間違いなく第一級の、忍《しのび》の技《わざ》だ。

さらさらと、我愛羅が歩くところ、見る間《ま》に砂たちはほぐれ、まるで歌を歌うかのように、足跡を露《あら》わにしてくれる。砂は、嘘《うそ》をつかない。

「国境線なら、我らホウキの土地の側《そば》を通ります」

「そうか。おまえたちは、元々火の国の民《たみ》だったな」

「——はい」

少し、シジマの表情が暗くなった。

「気にするな。咎《とが》めているのではない。事実の確認だ。土地勘《とちかん》はおまえのほうがある。この先に、隠れられるような場所はあるか？」

「忍の足で一時間ほど。古代都市の遺跡が。呪《のろ》われた土地として、遺跡荒らしも近づかぬ場所です」

「なるほど」

砂漠には、いくつもの古代の都市が眠っている。はるか昔、この土地が砂漠でなかった頃に作られたのではないか、というが、詳細《しょうさい》は定《さだ》かではない。一説によれば、六道仙人《りくどうせんにん》や神々、大筒木《おおつつき》カグヤの頃だともいう。

「よし、休憩だ」

「——なぜですか？　早く、ハクト様を追わねば」

我愛羅は、バキから受け取ったシジマの任務記録を脳内で読み返していた。

ほとんどの任務が潜入、暗殺、護衛。ホウキ族の機密に関《かか》わるらしく、詳細な任務内容は隠蔽《いんぺい》されていたが。

（屋外での任務経験は乏《とぼ》しかったな）

我愛羅は座りやすい砂丘の斜面を見つけると、布を敷いてそこに座した。

「休め。おまえが思った以上に、体温が低下している」

「え」

「座れ。〈風影〉の命《めい》だ」

権威に物を言わせるのは好みではなかったが、何よりもハクトの命がかかっている。

「わかりました」

す、と品よく、しかしやや遠慮がちに、シジマは我愛羅の側に座した。

「それでいい」

携帯コンロを取り出し、小型のヤカンを火にかける。水筒の水と角砂糖をたくさん、それにミントの葉と茶葉だ。

しゅんしゅん、とヤカンがよい音を立て始めるまでの間、我愛羅は星を見ていた。

星が好きだとか嫌いだとかではない。

星は、天測の手段であり、目印のない砂漠で現在位置を確認するための欠くべからざる道具である。

だから、我愛羅のような砂漠の忍は、習慣的に星を見る。

風の国の空は、どこまでも高い。

地表近くは砂埃《すなぼこり》で汚れているが、空の果ては、透《す》き通《とお》っている。街《まち》の灯《あか》りも、光を遮《さえぎ》る雲もないからだ。

星は、空に浮かぶ砂のようなものだ。冷たく、人を暖めてはくれないが、ただ美しく、穢《けが》れなく空にある。

（そこで争っているオレたち人間のほうが、汚れている）

ヤカンの茶が沸《わ》いた。

携帯用の金属の湯飲みに、高い位置から煮出《にだ》した茶を注《そそ》ぐ。

高い位置から注ぐのは、砂埃を泡にまとめるためだ。そうしないと、茶が粉っぽくなってしまう。泡だけを残して飲むのである。

「飲め。体を温めろ」

「はい」

差し出した湯飲みを手渡すとき、我愛羅の指がシジマのそれに触れた。

（……似ている）

星の光に照らされたシジマは、分厚いメガネを除けば、本当にハクトによく似ていた。

（同じ一族である、というだけではあるまい）

そう踏んだが、それ以上のことに踏みこもうとは思わなかった。

家庭が複雑で、それに傷ついた自分が、他人の家庭のことに用もないのに踏みこむのはよいことではない、と考えているからである。

「……温かい」

メガネをくもらせながら、シジマは少し、安堵《あんど》したような声を出した。

「そうだろう」

我愛羅も一口飲む。

砂糖の甘みと、茶葉とミントの香り。

慣れ親しんだ、砂漠の味だ。

「夜間の砂漠では、人間は体温と糖分を失っていく。恐ろしいのは、自覚がないところだ」

「自覚がない？　私、そうだったのでしょうか」

「誰でもそうなる。オレでもだ」

茶を、もう一口飲む。

「砂漠は、人間が生きる環境ではない。それ故に、人間の中にある生きる力、自律《じりつ》能力すら狂う。暑いこと、寒いことを感じられなくなって野垂《のた》れ死《じ》んだ異国の忍者を、オレは何人も見てきた」

それは、〈絶対防御〉に守られた我愛羅でも例外ではない。

あらゆる攻撃を弾《はじ》き返《かえ》すことができても、自然に勝利することはできないのだ。

「そうならないためには、機械的に対処するしかない。二時間に一度、休憩を取る。休憩を取って、甘い茶を飲む。そうする、と決め事にしておけば、体が不調を感じずとも、対処はできる」

風が、巻いた。

また砂漠が色を変える。

「ハクトをさらった忍者は、休憩を取ってはいない。だが、そのような強行軍は長続きをしない。きちんと休んだほうが、最終的には早くなる。忍《しの》び堪《た》えるために必要なのは精神論ではない。技術だ」

「——ひとつ、伺《うかが》ってもよろしいですか」

半《なか》ばほど減った茶の器《うつわ》を見ていたシジマが、どこか遠くを見るような声音《こわね》で、言った。

「何だ？」

「なぜ、ここまでなさるのですか？」

「〈風影〉の、砂隠れの威信《いしん》のためだ。オレは、里の未来を背負う〈風影〉だからな」

「それだけ、ですか？」

「無論、ハクトのことは大切に思っている。人任《ひとまか》せにするつもりはない」

順序が逆だったかもしれない、と思ったが、我愛羅は自分の生真面目《きまじめ》さに嘘をつけるような男ではなかった。

「どうした？」

「……いえ。なんでもありません」

「そうか。では、そろそろ行くとしよう。追いつけるはずだ」

立ち上がり、我愛羅は椀《わん》にわずかに残った茶と、ヤカンの中の茶葉とを、仰々《ぎょうぎょう》しく砂漠の風の中へと投げた。

「――それは、何かの忍術ですか？」

「まじないだ」

いたって真面目な顔で我愛羅は答えた。

「まじない？」

「姉――テマリから習った。〈風影〉の一族に伝わるものだ。恋人を取り戻すために砂漠の精霊に力を借りるのだと」

「そうですか」

少しだけ、シジマは優しい微笑《ほほえ》みを浮かべた。

「では、その精霊の力も借りて、願いを果たせるように――私も、微力を尽《つ》くします」

「頼む」

そしてふたつの影は、また走りだす。

＊＊＊

（ここまで状況が早くなるとは、思わなかったじゃん）

砂隠れに戻ったカンクロウは、苦虫《にがむし》をかみつぶしたような顔をしていた。

「カンクロウ様」

彼のもとを訪ねてきた若い忍者たちは、ざっと二十。

いずれも、第四次忍界《にんかい》大戦の後に頭角を現わし、彼が手塩にかけてきた部下たちである。

あどけない、と言ってもよい、十代の少年少女たちばかりだ。

「我々は熟慮《じゅくりょ》の結果、やはり現体制には従えない、と判断いたしました」

「まったまた、大きく出たもんじゃんよ」

道化めかして首を振ったが、彼らの目は真剣だった。

そうだろう、と思う。

「我らには、もはや働きの場は与えられず、緊張緩和《デタント》の美名の下《もと》に、予算だけが減らされていきます」

「我々は現体制の、我愛羅様の弱腰にもはやついていくことができません！」

「我らに苦しい生活を強《し》いておきながら、あのような派手派手しい見合いの席などと」

「僕たちを導けるのは、カンクロウ様、先代様の嫡男《ちゃくなん》であるあなた様だけです！」

「…………」

彼らの気持ちは、わかる。

大名《だいみょう》たちは、砂隠れの忍《しのび》を、換《か》えの利《き》く道具だと考えている。それどころか、緊張緩和《デタント》を受けて、より安価な里に任務をアウトソーシングすることで、費用を節約しようとしている。

無論、民《たみ》の税を預かる者たちが、その使い道を熟慮するのは正しいことだ。

が、忍が国を守り、大名が国を統《す》べる、というあり方もまた、古来からの約定《やくじょう》であったはずだ。

我愛羅が、無力なわけではない。

弟は、全力を尽《つ》くして、砂隠れの民たちを、そして風の国の民たちを、ひいてはこの大陸全土の人々を、よりよく生かす道を考えている。

そして、一歩一歩、そこに向かい進んでいる。

だが、すべての人間を満足させることはできない。

我愛羅が選んだ道は、〈平和〉だ。

〈砂隠れのみの繁栄〉ではない。

忍界大戦をふたたび引き起こし、他の里を打ち倒し、より豊かな土地を手に入れれば、確かに若い忍者たちの言うとおり、忍は報《むく》われるかもしれない。

だが、それは屍《しかばね》の上の繁栄、憎悪に支えられた栄光だ。

さらに言えば、負ければどうするのか。負けたときに、今度こそ砂隠れは立ち直れないのではないのか。

だから我愛羅は、ただの理想論ではなく、現実的な国益を考えて、〈平和〉を選んだ。

協調は即座に利益をもたらさないが、最終的な互恵《ごけい》関係によって、砂隠れにこれまでにない富をもたらす。そう考えたからだ。

「我愛羅を、殺すつもりじゃん？」

「！」

若い忍者たちに、動揺が走った。

皆、第四次忍界大戦に直接参戦はしていなくても、我愛羅の伝説的な戦いぶりは知っている。大筒木カグヤとその眷属《けんぞく》を向こうに回し、神々の領域に及ぶほどの戦いをくぐり抜け、月より訪れた傀儡《くぐつ》たちとも戦ったという〈風影〉の中の〈風影〉。

我愛羅への信仰は、クーデターを口にしている今でも、絶対的であった。

「そうは――申しておりません」

「ただ我々は、我愛羅様には相談役の地位に就《つ》いていただき、カンクロウ様を〈風影〉にと考えております」

「実際的な政治の場からは我愛羅様に引いていただくのです」

（なるほどな……考えたものじゃん）

それならば、対外的にはクーデターとは見なされにくい。

あくまで砂隠れの中の政変であれば、他の里がどうこうと介入《かいにゅう》するような筋合いのものではないからだ。

「カンクロウ様！」

――砂隠れは、相対的に見れば貧しい里だ。

無論、より貧しい里はある。

我愛羅の代になってから改善されたことのほうが、はるかに多いとも思っている。

だが、他里と交流したことで、若い忍者たちは自分たちが〈貧しい〉と認識してしまった。他者をうらやむようになったのだ。

たとえ今が、カンクロウやテマリたちからすれば、「〝木《こ》ノ葉《は》崩し〟の頃に比《くら》べたらえらいマシになったもんじゃん」という生活だったとしても、彼らにとっては今が、今なのだ。

「カンクロウ様！」

「カンクロウ様！」

「どうか、ご決断を！」

四十いくつかの真摯《しんし》な眼差《まなざ》しが、カンクロウをじっと見ていた。

答えなければ、ならなかった。

＊＊＊

立ち並ぶ墓標のようだ、と我愛羅は感じた。

遺跡荒らしたちが近寄らないのもわかる。

さらさらとした白い砂は、白骨が砕けて水晶《すいしょう》になったのではないか、と思えるほどに美しく、そこから生《は》えているように見えるいくつものコンクリートの建物は、はるかな太古の人々が作り出した高層建築物である。

そこに、人が住んでいたことは、今でもわかる。

今とさほど変わらぬ椅子《いす》、かつて街灯だったであろう折れ曲がった鋼鉄の柱、ひどく広い街路、誰も乗っていないままレールの上で固定された雷車《らいしゃ》、砂に埋もれかかったパソコン……。

そこに住んでいた人々がどこへ去ったのかはわからない。

ただ、月光と星明かりに照らし出される濃密な死の気配だけがそこにあった。

白い白い、砂の墓地。

その中央に、ハクトがいた。

傍《かたわ》らには、ひとりの見知らぬ忍《しのび》。

年の頃なら、我愛羅とさほど変わらぬ。中肉中背だがよく鍛《きた》えられており、刈《か》りそろえられた黒髪がどこか、我愛羅と似ていた。

「ハクトをさらったのは、おまえか」

縛《しば》られてもいない、抱《かか》えられてもいない。

それをさらった、と言うべきかどうかは迷ったが、他に表現もない。

男がひとり、女がひとり。

そういうことだろう、とは思う。

が、立場の言わせる言葉というものは、あるのだ。

「ホウキ族のシゲザネにございます」

男は悪びれもせず、涼やかな眼差《まなざ》しでこちらに歩み出した。

砂を踏みしめる、ぎゅっ、ぎゅっ、という音がする。

「名は聞いている。金掘《かなほり》の達人とか」

「聞き及んでいただけたなら、光栄。四代目様より受《う》け継《つ》いだ術で、微力なれど、お手向かいいたす」

「父は、貴様の技《わざ》を褒《ほ》めていた」

我愛羅の言葉に嘘《うそ》はない。

面識こそないが、ホウキのシゲザネといえば、独特の忍術によって土中より金属結晶を取り出す、鉱物採掘や要塞破壊のプロとして知られている男である。

磁遁《じとん》使いで、同じように砂金を取り出す技で里の財政面に貢献《こうけん》していた父より、教えを受けたこともあるという。

（皮肉なものだ）

我愛羅の術にも父の影響はあるが、それよりも〈人柱力《じんちゅうりき》〉として生まれ持った砂を操《あやつ》る力のほうが特徴的である。父、四代目の術を受け継いだと真に言える者は、三姉弟《きょうだい》の中にはいない。

だから、目の前の男が父の弟子である、というのは奇妙な感慨《かんがい》を抱《いだ》かせる。

「誰にそそのかされたかは知らぬが、貴様のやっていることは囮《おとり》に過ぎない。このような任務で、犬死にをするつもりか」

「……覚悟の上です」

シゲザネ、と名乗った男の眼差しには、後ろめたさはなかった。

死地に赴《おもむ》くことを決意したものだけが持つ眼差しがあった。

その瞳《ひとみ》の色は、傍らに立つハクトと同じだった。

それで、我愛羅は納得した。

「我愛羅様！　先に仕掛けます！」

「！」

シジマが、走りだした。

手には棒手裏剣《ぼうしゅりけん》を握り、フェイントの分身を繰《く》り出《だ》しながら、水晶の粉のように輝く砂を蹴《け》って、飛ぶ。

「シゲザネ！　ホウキの者でありながら、姫をさらった報《むく》いを受けよ！」

流星のように、棒手裏剣が空《くう》を切る。

「シジマか！」

シゲザネが素早く印《いん》を組む。

水遁《すいとん》。

この砂漠には似つかわしくなく、また、使い手も少ない技だ。

（だが、それだけに水遁に対処する術も、オレたちには乏《とぼ》しい）

砂が、揺れた。

（足下《あしもと》か！）

砂の盾《たて》を展開。

シジマまでは間《ま》に合わない。

水だ。

地下水の槍《やり》が、シゲザネの足下から吹き上がる。

超高圧の、水の刃《やいば》だ。

可燃性の粉塵《ふんじん》やガスが飛《と》び交《か》う坑道《こうどう》で、火花をあげずに岩盤を掘削《くっさく》するための術である。

だが、それが直撃すれば、肉だろうと骨だろうと両断できることは、事実だ。

シジマの棒手裏剣が、シゲザネの水によって粉砕される。

封じられた風が爆発し、水流の勢いも弱まったが、それでも空中にいるシジマの皮膚《ひふ》と衣服を切り裂き、血をしぶかせるだけの威力はあった。

「チ！」

舌打ちをして、我愛羅は走った。

自分についてきたシジマが、目の前で無惨《むざん》に殺されるのを見たくはない。

シジマを捨《す》て駒《ごま》にして、シゲザネの術の全貌《ぜんぼう》を見破るほうが正解であるだろうが、そのような正解はクソ喰《く》らえであった。

我愛羅という男は、正解のために生きたことは一度もない。

愛のために生きる男である。

愛とは、無償で誰かに手を差し出すことである。

だから、我愛羅は走る。

「お命、頂戴《ちょうだい》！」

シゲザネが、さらに水を繰り出す。

「だが、単純な攻撃だ」

鋭角をつけた砂の盾で、受けるのではなく、そらす。

超高圧の水の刃であっても、その運動エネルギーそのものに角度を与えてやれば、有効な切断を行うことはできない。

我愛羅の周囲で、白い砂の華《はな》が咲いた。

あたかもそれは、大輪の薔薇《ばら》のごとくに。

弾《はじ》く、弾く、弾く。

弾かれた水が嵐になって、我愛羅の周囲を取り巻くが、それらは風と砂に吸いこまれて、届くことはない。

遠距離戦闘は、ハクトを危険にさらす可能性が高い。

接近戦でケリをつける。

そう判断し、さらに我愛羅は距離を詰める。

そのときだ。

「我愛羅様、シジマ、逃げて!」

これまで、哀《かな》しげに戦場を見守っていただけだったハクトが、叫んだ。

「ハクト!」

シゲザネも予想外だったのだろう。一瞬、振り返る。

それで対処する余裕が生まれた。

シゲザネが新しい印を組んだ。

膨大《ぼうだい》なチャクラを練《ね》っているのを感じる。

（大技か）

とっさに防御の構えを取る。

ごう、と足下の砂が、渦を巻いた。

（流砂《りゅうさ》!?）

水分を含んだ砂がその水分飽和《ほうわ》によって、擬似《ぎじ》的な流体のように振る舞う現象、それが流砂である。

（先の水流による攻撃は、砂中に水分飽和を起こすための布石《ふせき》か！）

あたかも大渦が船を引きずりこむがごとく、我愛羅の体は見る間に、腰まで引きずりこまれていく。防御姿勢を取っていなければ、一瞬で流砂に呑《の》まれていただろう。

だが、この砂がくせ者だった。盾で弾き返していればいいという問題ではない。盾を構成している砂そのものが敵だからだ。といって、流砂そのものはシゲザネのチャクラで操られているために、そのすべてのコントロールを取り返す、ともいかない。

（やられた……この土地自体が、罠《わな》だったか！）

だが、脱出は不可能ではない。

一点突破で砂を巻き上げ、飛翔《ひしょう》すれば、脱出はできよう。

事実、そうしようとしたのだ。

しかし我愛羅はそうしなかった。

流砂の中に引きずりこまれてゆく、シジマの姿を見てしまったからだ。

先の攻撃で傷ついたシジマには、流砂から脱出する目はない。

砂中に引きずりこまれれば、窒息死《ちっそくし》は免《まぬが》れない。たとえ、シゲザネを倒したとしても、間に合わぬだろう。この膨大な砂の中に引きこまれたら、我愛羅でも探すことはできないのだ。

そして我愛羅は、シジマへと向かい、飛んだ。

「我愛羅様!?　なぜ……！」

「喋《しゃべ》るな」

砂中に引きこまれようとするシジマの手をつかみ、抱き寄せるようにしながら、周囲に砂の盾を展開する。

（飛行での脱出は間に合わないか……！）

「息を止めろ」

砂の渦が、ふたりを呑みこんでいく。

我愛羅はみずからの周囲に砂でドームを展開し、必死に空気を維持《いじ》しながら、闇《やみ》の底へと落ちていった。

＊＊＊

「わかった」

カンクロウは熟考の闇《やみ》から覚めて、はっきりとうなずいた。

「おお！」

「カンクロウ様！」

「カンクロウ様！」

「オレたちも、我愛羅を〈風影〉に就《つ》けるためには、それなりのことをやったわけじゃん。それを繰《く》り返《かえ》すだけのことじゃん」

「ありがとうございます！」

歓呼《かんこ》の声。

戻ることはもうできない。

「それで、具体的な配備は終わってるのか？」

「もちろんです」

提出された計画書を見て、カンクロウは心の中でため息をついた。

教本で教えた通りの都市制圧プランだ。要点は押さえているが、創意工夫が足《た》りない。

もっと言えば、突発事への想定が足りない。たとえばそう、うずまきナルトのような。

赤ペンで加えられるだけの修正を加えて、カンクロウは計画書を返した。

「わかった。だが、約束しろ。血を流すな。血を流せば、報復を招く。あくまで平和的に上層部を制圧し、我愛羅の権限を奪う」

「はい！」

「この計画の立案者は？」

「自分です」

誇らしげにマイヅルが一歩を踏み出した。その頬《ほお》は紅潮《こうちょう》していた。

「そうか。おまえたちの気持ちは、よくわかった。悪いようにはしないじゃん」

ふたたびの歓呼の中で、カンクロウは見えるはずのない空を見ていた。

あの安らかなゆりかごには、もう戻れない。

＊＊＊

——闇《やみ》。

——深い闇。

どろり、とした赤いものが広がっている。

血だ。

幼い我愛羅の周囲には、いつも血の臭《にお》いがした。

「どうして、ボクはみんなと違うの」

〈人柱力《じんちゅうりき》〉として生まれ、〈風影〉の子でありながら、父にすら暗殺されそうになった彼は、人との交《まじ》わり方を、傷つけることでしか理解できなかった。

どれだけ殺しただろう。

ただ気に障《さわ》ったというだけで殺した者もいれば、任務の途上で殺した者もいる。

叔父《おじ》である夜叉丸《やしゃまる》のように、育ての親でありながら、刺客《しかく》となったが故《ゆえ》に殺した者もいる。

善悪の理非《りひ》はなかった。

ただひたすらに殺した。

殺して殺して殺し続けて、文字通りの屍山血河《しざんけつが》を築いた。

それが自分を愛することだと――思っていたのだ。

＊＊＊

目覚めると、目の前にあったのは、美しい女の顔だった。

「……ハクト?」

「お目覚めですか、我愛羅様」

我愛羅を介抱《かいほう》していたのは、シジマだった。

「シジマか。すまない」

女性の顔を他の人間と取り違えるのは不誠実だ、くらいの認識は世間知らずの我愛羅にもあった。

「いえ……お目覚めで何よりです」

予想外にチャクラを使ってしまったようだった。

体が重い。

「ここは？」

「地下の空洞のようです。地下水脈だったところが、砂の流れる洞窟《どうくつ》になっているようですね」

　ようやく暗闇《くらやみ》に目が慣れてきた。

　シジマの手にした緊急用のライトスティックに、古代のビルの影らしいものが照《て》り映《は》えて見える。

　空は見えない。よほど深く流されてきたようだった。

「あれから、どれほど経《た》った？」

「三時間ほど」

「そうか」

　呼吸を整え、チャクラの回復を待つ。

　ハクトは害された様子《ようす》はなかった。即座に殺されはしないだろう。

　夜明けまではまだ間《ま》がある。焦《あせ》らぬことだ。

「ひとつ、教えてください」

「答えられることならば」

「――なぜ、私を助けたのですか？」

シジマは、心底不思議そうだった。

あそこで見捨てられる、と思っていたのだろう。

それを悲しんでいた風《ふう》もなかった。

忍者とはそういうものだからだ。まず任務があって、次に己《おのれ》がある。そう考えるのが当然だ。

「理由はない」

「ない、って……！　あなたの妻になる姫と、あなた自身を捨ててまで、私を救う価値などはないはずです！　私は、ただの忍《しのび》で……！」

「おい」

その言葉に、我愛羅は少し苛立《いらだ》ちを覚えた。

「命の価値が、人によって違うようなことを言うな」

「え？」

「誰の命も、価値は同じだ。まして、砂隠れの民《たみ》なら、すべてオレの家族のようなものだ」

我愛羅は、自分でも理解できない怒《いか》りを覚えていた。

「――確かに、上に立つ忍者は、部下に死ねと命じねばならないこともある。だが、それは最後の最後まで生の可能性を求めあがいてからだ。死地に赴《おもむ》くことと自殺は違うし、信じて困難な任務を託《たく》すことと見殺しにすることとは違う」

「それは、わかります。ですが、これは我愛羅様の名誉のかかった戦いのはず。もし、妻となるべき女性を奪われたと明るみになれば」

「わかっている。オレをよく思わない連中はここぞとばかりに宣伝に用いる――いや、そのための計略だろう」

「なら、なぜ」

「オレが助けたいと思ったからだ」

我愛羅は、シジマの硝子《ガラス》の瞳《ひとみ》を覗《のぞ》きこむようにして言った。

「……昔、〈木ノ葉崩し〉の戦いの中で、オレはあの男と出会った。うずまきナルト。ひどく奇妙な忍者だった」

「あの伝説の……？」

「術も、心得も、ひどいものだった。〈人柱力《じんちゅうりき》〉として、人間らしく生きることを許されたオレとは違う……おちこぼれのバカだ。そう思った」

まだ、幼かった頃。中忍《ちゅうにん》試験のときの記憶だ。その頃の我愛羅は、内部から木ノ葉の里を崩壊させるための密偵として、中忍試験に参加していた。

「だが……そのナルトは、オレに真っ正面からぶつかってくれた。生きることの意味を、痛みの価値を……人を愛するというのがどういうことなのか、教えてくれた」

懐《なつ》かしい想《おも》い出《で》だった。

ナルトだけではない。ロック・リーがいた。春野《はるの》サクラがいた。いずれ義兄となる奈良《なら》シカマルがいた。テマリとカンクロウは、自分を恐れながらも支えてくれていた。

皆若く幼かった。

「オレはあの男と出会って、自分以外の世界を愛することを覚えた――そしていつかは、母や兄姉たちがしてくれたように、誰かを愛せるようになりたい。そんな風に思えたのは――ナルトがいたからだ」

あの長く暗い闇を、照らし出してくれた光。

それがナルトだった。

＊＊＊

今でも、覚えている夢がある。

あの〈無限月読《むげんつくよみ》〉の中で見た夢だ。

父がいて、母がいて、夜叉丸がいて、幼い自分は血にまみれていなくて、そして、友達としてナルトがいた。

妙なもので、恋人とか、地位とか、忍者としての栄光とか、そういうことはまるで夢に見なかった。

ただ、ひどく、ひどく幸福だった。

あの夢を捨てたことを、後悔はしていない。

今こうやって、夢ではなく現実を生きているのは、自分たちが選び取った未来だと信じている。

けれど、あの夢を豊かにしてくれたのは、ナルトだ。ナルトに出会っていなければ、きっと、友がいる幸福、という幻想を抱《いだ》くことすらできなかっただろう。

そして、友と家族は、確かに彼の側《そば》にいるのだ。

＊＊＊

「ナルトがそうすることには、何の得もなかった。憎い敵として、オレを殺してもよかった。ただ、そうしなかった。だから」

我愛羅は、苦笑した。

「オレも理屈に合わないことをしてみたいと思うようになった」

言葉にすると、確かにばかばかしいことではあった。

だが、妙にすがすがしかった。

「理屈に合わないこと、ですか」

「ああ。あの砂漠を渡っていく風のように、あらゆるものに縛《しば》られず、それでいてあらゆるものを愛する……本当は、そうやって生きてみたい、と思う」

「……そうですね」

何か遠くを見るような目で、シジマはうなずいた。

「だが、そうはできない。オレには、捨てられないものが、守るべきものが多すぎる」

「あなたは、〈風影〉ですものね」

シジマは微笑《ほほえ》んだ。

ハクトの笑《え》みとも、テマリのそれとも違う。

おぼろげに、はるかな昔に見た母の笑みに似ている、と一瞬だけ我愛羅は思ったが、これはどうもテマリが言う〝マザコン〟というやつではないか、とも考えた。

「私も、そうです」

シジマはメガネのふちを、すっ、と形のよい指でなぞった。

「私は」

メガネを、外《はず》す。

その瞳《ひとみ》は、閉じられていた。

ハクトとうり二つの、しかし、より悲しみをたたえた笑顔がそこにあった。

「木ノ葉の秘術〈写輪眼《しゃりんがん》〉を複写する、という研究のために、身を捧《ささ》げました」

「……大蛇丸《オロチまる》か」

「はい」

木ノ葉の伝説の忍《しのび》でありながら魔道に落ちた忍、大蛇丸は一時期、砂隠れの〈風影〉を殺して成《な》り代《か》わり、非道な実験を行っていた。その情報は現在に至るも解明されていなかったが、まさかこんな足下《あしもと》に、被験者がいようとは。

「実験は失敗に終わり……私は、己《おのれ》の目を封印しました。瞳術《どうじゅつ》を制御する術を持たなかったからです。そして一族の後継者としての資格を、妹、ハクトに委《ゆだ》ねました」

また、分厚いメガネをシジマはかけ直した。

なるほど、あの戦いに不釣り合いなメガネも、それならば納得がいく。あれは、制御できない瞳術をセーブするための拘束具《こうそくぐ》なのだ。

「なぜ……それをオレに？」

たとえ同じ里であっても、不用意に術を明かさない。

それが忍者の鉄則だ。

術理を明かすことは、己の命を差し出すことに等しいからだ。

「私も……理屈に合わないことを少しだけしてみたくなった。いけませんか?」

すっ、とシジマが立ち上がった。

弱々しい光に照らされて、ひどくその姿は、美しく見えた。

「いや」

我愛羅も立ち上がる。

「悪くはない」

「この空洞より出る道は、風遁《ふうとん》で探り当ててあります。ご案内します」

「頼む。なるべくチャクラを浪費したくない」

疲労は遠くに去りつつあった。

追跡の時だ。

第五章

邂《かい》逅《こう》

この世のものはすべて、対《つい》になっている。
女と男、夜と昼、陰と陽、影と光。
その間を生きる者たちがいる。
それが、忍《しのび》である。

＊　＊　＊

我愛羅《ガアラ》たちが、ハクトとシゲザネをふたたび見つけたのは、火《ひ》の国の国境に近い、砂漠の途切れる一帯である。

砂漠といっても、むしろ荒野に近い。そこかしこに背丈《せたけ》の低い木々が生《は》え、このあたりに雨の恵みがあることを表わしている。

他国の者たちには殺風景な景色に見えるかもしれないが、砂漠に住む我愛羅たちにとっては、雨が降るというだけでも楽土のように思える。

地平線の向こうには、ぼんやりと濃緑の森が見える。

つまりは、あの向こうには、水の恵みに満ち、太陽を灼熱《しゃくねつ》の悪鬼のように憎まぬ民《たみ》が住んでいる、ということだ。

ふたりは手を取り合い、夜明けの近づく地平線をじっと見ていた。

その先に、希望という名の未来があるかのように。

（見逃《みのが》すか）

一瞬だけ、そういう考えも頭をかすめた。

だが、やはり我愛羅は砂隠《すながく》れの頭領《とうりょう》だった。

それをやめてしまうことは、できない。

＊＊＊

「シゲザネ。ハクト姫を返してもらう」

傷つき消耗《しょうもう》したシジマを少し後ろに下げ、我愛羅は迷いを断《た》ち切《き》って、ふたりの背後から声をかけた。

あえて奇襲しなかったのは、ハクトへの敬意なのかもしれなかった。

「我愛羅様!?」

ハクトの声に、狼狽《ろうばい》と、後ろめたさの微粒子《びりゅうし》があった。

「ハクト、下がれ」

シゲザネが、前に出る。

その顔には、先ほどのような余裕はない。

そうだろう。

休みなしで国境まで駆けてきたのだ。

そして、あの廃都ひとつを覆《おお》い尽《つ》くすほどの流砂《りゅうさ》だ。

体がただですむはずがない。

無様《ぶざま》だ、とは思わぬ。

〈風影《かぜかげ》〉を手玉に取るほどの忍《しのび》はそうはいない。

これだけの逸材《いつざい》を見いだせなかったことは責《せ》められても仕方がない、と思うばかりだ。

「見事な腕だ。オレは、〈風影〉として貴様を誇りに思う。砂隠れに戻るつもりはないか」

おためごかしではない。本心だった。

心からその腕を、惜しい、と思った。

その瞳《ひとみ》に宿る覚悟を見れば、先の傭兵《ようへい》部隊のように金目当て、殺し目当てでないこともわかるから、なおさらだ。

「光栄に存じます」

シゲザネが、その手の中に水遁手裏剣《すいとんしゆりけん》を生み出した。それが答えだった。

そうだろう、と思う。

そういう男だから、こういうことになったのだろう。

「我愛羅様！」

何かに耐えかねた表情をして、ハクトがこちらへと走ってきた。

「ハクト!?」

「我愛羅様、どうかおやめください！」

必死の眼差《まなざ》しだった。

あの日のナルトに似ていた。

「シゲザネは、私の……」

「皆まで言わなくていい」

いくら我愛羅でも、男女の間柄《あいだがら》であろうことは、わかる。

計画は他の誰かの絵図であろうが、それに乗ってみせたのは、つまり、そういうことなのだ。

我愛羅に我愛羅の人生があるように、ハクトにはハクトの人生がある。それは、一日二日のつながりで、わかるようなことではない。

「シジマたちがさほどの抵抗もしなかったこと、逆にそのシジマを殺さなかったこと。シゲザネについていくハクトの足跡に乱れはなかった。連れ去った人間をあらかじめ知っていた、ということだろう」

我愛羅は、悪人を演じようと決めた。

「誰に使嗾《しそう》されたかは知らないが、見合い話までを進めておき、公的に婚約者の地位を得た後《のち》に出奔《しゅっぽん》。〈風影〉の権威を落とす。ホウキの土地を出ることができなかったハクトは、そこのシゲザネと駆け落ちする。そういう筋書きか」

「そこまでわかっていながら、なぜ」

そう言ったのは、シジマだった。

「言っただろう。オレは〈風影〉だ。他の何かになることはできない」

「…………」

「それは、私がホウキの姫であることしかできなかったのと同じです」

潤《うる》んだハクトの眼差しが、我愛羅を見つめていた。

我愛羅のことを大切に思ってくれたことは、嘘《うそ》ではないのだろう。

ただ、それ以上に側《そば》にいるシゲザネという男が大切なのだ。

「私が生まれ育った土地を出て、自由になるためには、あなたとの見合いの席以外、機会はありませんでした。利用してしまったことはお詫《わ》びします。ですが」

「詫びはいい」

我愛羅の瓢箪《ひょうたん》から、砂が展開された。

戦いの合図だ。

「色恋のことに、干渉《かんしょう》しようとは思わない。正式に婚約を取《と》り交《か》わしたわけではない。周囲がそう見ているだけだ。オレにあなたを縛《しば》る資格はない。だが――」

砂《さ》塵《じん》が、剣のように鋭くなる。

「里を抜ける忍を、見過ごすことはできない。掟《おきて》に従わずにその力を振るう忍者は――人に害を為《な》す」

それは、〈暁《あかつき》〉を始めとするテロリストたちと戦い抜いた我愛羅の実感である。

忍者は、ひとりでその気になれば城ひとつ、町ひとつすら破壊できる。

それが縛られているから、忍者は社会と共存できている。いや、共存していかなければならない。

故《ゆえ》に。

「では——あらためて、参《まい》る！」

「来い」

足下《あしもと》は砂礫《されき》の大地だ。

流砂を構築することはもうできまい。

だが、我愛羅のほうも、人目を引く大規模な術は使えない。この戦いは表沙汰《おもてざた》になってはならないからだ。派手な広域攻撃を行えば、国内はもちろん、他国の忍の不要な注意を引く。

すなわち、条件は五分《ぶ》。

水の槍《やり》が、闇《やみ》を引き裂いた。

だが、その技《わざ》はすでに我愛羅の把握《はあく》するうちにある。

「ムダだ」

砂の盾《たて》が、その攻撃をことごとく弾《はじ》き、あるいは吸収する。

どれほど水の量が多くても、砂には勝てない。

地下水脈が、砂漠を潤《うるお》すことができないのと同じことだ。

水の嵐が、我愛羅の前でことごとく消えていく。

そのたびごとに、ハクトの表情が哀《かな》しくなるのが、切なかった。

「砂にできないことは、何もない」

距離を詰める。

近距離ならば体術で制圧できるはずだ。

盾を分厚くし、前に出た、そのとき。

ひときわ巨大な槍が、飛んだ。

身を、ひねる。

「！」

脇腹《わきばら》に灼熱《しゃくねつ》の痛みが走る。

砂の盾を貫通した水流の槍が、えぐって抜けていったのだ。

（これほどとは……！）

絶対防御を破った者は、シゲザネひとりではない。だが、ここまで鋭利に貫《つらぬ》いた者となると、数えるほどだ。

「なぜ……！　避《よ》けられた……!?」

よほどその術に自信があったのだろう。シゲザネの言葉には、狼狽《ろうばい》の色があった。

そして、そのようなことを口にしてしまうのは、つまりこの男が熟達した鉱山技術者であっても、熟練の兵士ではないからなのだろう。それは、我愛羅とシゲザネの生きてきた世界の違いであった。

　それは生き方の優劣ではないが、戦場における優勝劣敗の差を分けるものでは、確かにあった。

「ハクトだ」

「え……？」

「ハクトの瞳の色を見ていた」

「何を言っておられる⁉」

　シゲザネの言葉には、戸惑《とまど》いと嫉妬《しっと》の色があった。

　それはそういうものだろう。

　だが、我愛羅が戦いの中でハクトの目を覗《のぞ》いていたのは、未練がましい思いからではない。いくさ場において、あらゆる情報を認識し、観測し、それを分析して戦う――それが忍だからである。

「ハクトの瞳の色が、最後の槍を繰《く》り出《だ》すときに、変わった。人の死に怯《おび》える色だ。オレの戦いぶりを知りながらそう感じた、ということは、シゲザネ、おまえの術が絶対防御を貫けると確信していた、ということだ」

「それで致命傷を避けたとおっしゃるのか……ッ！」

シゲザネの表情には、色濃い畏怖《いふ》があった。

「オレは〈風影〉だ。この砂漠を渡る風と砂は、誰であっても捕《と》らえることができない……！」

人の形を取った死神のように、我愛羅はまた一歩を踏み出した。

＊＊＊

『主要施設への部隊展開、完了しました』

「そうか」

マイヅルよりの報告を受けてトウジュウロウは満足げに笑った。

カンクロウが計画を微調整したときは、気づかれたかとも思ったが、そのような様子《ようす》はない。

皮肉にも、我愛羅が再建のために鍛《きた》え抜《ぬ》いた忍者たちが、彼の足下《あしもと》をすくうのである。

その皮肉さが、トウジュウロウを満足させた。

＊＊＊

「だが──盾《たて》を破った秘訣《ひけつ》までは、解明できておりますまい！」

「どうかな」

そう言いながらも、我愛羅はシゲザネの放った水の槍《やり》を、サイドステップで回避してみせた。

超音速で接近する槍とて、自分を狙《ねら》ってくることはわかっているのだから、予想される位置にいなければよいだけのことである。我愛羅の体術なら、それはできる。

もちろん、シゲザネもその回避運動を予測して、水の槍を放つ。

が、ことごとく当たらない。

それは、地表面に薄く張《は》り巡《めぐ》らせた砂をセンサーにして、我愛羅が地下水の変動を事前に予知しているからでもある。

発射される場所がわかれば、ある程度どこに飛んでくるかは予測できる。後は、フェイントを織《お》り交《ま》ぜて、高速で回避をすればいい。

詰める。

詰める。

詰める。

避《よ》ける。

避ける。

詰める。

飛《と》び退《の》く。

また詰める。

詰める避ける詰める避ける避ける避ける詰める詰める詰める滑《すべ》る飛ぶ走る避けるまた詰める飛び退く旋回《せんかい》する飛ぶ詰める詰める詰める避ける避ける詰める詰める避ける避ける
…………！

「我愛羅様、おやめください！」

ハクトの声がした。

止まるわけにはいかない。

止まるべきではない。

止まってはならない。

我愛羅が我愛羅であるために。

一度は、添《そ》い遂《と》げてもよいかと思った女の思い人へ、砂の刃《やいば》を振り下ろす。

「くっ、だが！」

シゲザネの足下《あしもと》から、裂帛《れっぱく》の気合とともに水の槍が放たれた。

「至近距離なら！」

槍が、分裂した。

回避しきれない。

だが、〈砂の盾〉は、その槍をことごとく防ぎきった。我愛羅が父より受《う》け継《つ》いだ、磁《じ》遁《とん》である。きらきらと輝く微細《びさい》な金属の盾が、水の槍を弾《はじ》いていた。

彼とて、自分の術の秘伝が外部に漏《も》れたことは理解している。その対策のひとつが、これまで使うことのなかった、父の技《わざ》だった。それを母のもたらした砂の盾とあわせ、盾とする――。

「な――！」

「オレは、能書きを述べる前に行動する主義でな」

その盾から伸びた砂の刃が、シゲザネの首筋に突き立てられた。

「どのようにして盾を貫《つらぬ》いたか、推測はできていたが、確認するほどヒマではなかった。が――結局当てるに至ったことは、称賛に値する」

「地中の水酸化カルシウムと火山岩を取り出し、水に混ぜて砂にぶつけることで砂そのものをコンクリートに変え、硬化させることで砂の盾を粉砕する――四代目様の生み出したカラクリが、こうも――」

シゲザネの声には、称賛と、羨望《せんぼう》の色があった。

「父が、オレを殺すために生み出した術か」

「――そうだ。結局、磁遁を用《もち》いたより効率のいい解法が生み出されたため、使われることはなかったが――」

「…………」

父を責《せ》めるつもりは、もうない。

〈人柱力《じんちゅうりき》〉のポテンシャルは危険すぎる。それが暴走したとき、止める術を用意しておくのは当然のことだ。火は便利だが、その側《そば》に水を用意しておかなければ、いざ火災になったときにどうすることもできない。我愛羅たち〈人柱力〉は知恵のある火なのだ。

「昔のオレなら、殺せただろう。だが、今のオレは、殺せない」

「なぜだ」

シゲザネの声は、肺腑《はいふ》から血を絞《しぼ》り出《だ》すように悲痛だった。

「〈風影〉の血は特別なのか。〈人柱力〉のチャクラとオレたち俗人のチャクラは、それほどの差があるのか。どれほど努力しても、血統弱き者に、幸福になる資格はないというのか!」

「血は関《かか》わりない」

我愛羅の声は、砂のように熱く、砂のように冷たかった。

確かに、忍《しのび》の世界では血統が物を言う局面は多い。

今、我愛羅がシゲザネの術を破った〈磁遁〉がそうだ。父より受け継いだ〈血継限界《けつけいげんかい》〉と呼ばれる、遺伝的形質なくしては発現できない術である。これを用い、我愛羅は砂の組《そ》成《せい》を瞬時にランダム変化させることで、セメント化を防いだのである。

まだ自家薬籠中《じかやくろう》のものとは言えなかったが、奇計に奇計で対するには、十分であった。

だが、たとえば木《こ》ノ葉《は》の春野《はるの》サクラがそうであるように、何の変哲《へんてつ》もない家系から、努力によって飛び抜けた偉大な忍が現われることはある。いや、そもそも多くの達人たちは、みずから磨《みが》きあげた技や努力によって、ぬきんでた何者かになったのだ。

血統に甘え、血統に堕《だ》して、結果を出すことができなかった忍たちを、我愛羅は数多く見ている。自分とテマリ、カンクロウのように兄弟全員が傑出した忍である、というのは、数少ない幸運であり、彼らの努力の結果なのだ。

そして、何よりも。

「血は、オレやハクトを縛《しば》る鎖《くさり》だ。それが幸福を意味しないことは、シゲザネ。貴様が知っていることではないのか」

「それは――！」

「……オレはこの力を望んだわけではない。オレが求めていたのは、誰かと対等の友であれる力、ただ家族と過ごせる力だ。〈風影〉の家に生まれず、〈人柱力〉でもないおまえたちのほうが……オレにはよほど、選ばれた者に見える」

それは素直な心情の吐露《とろ》だった。

なぜ、そんなことを話してしまったのか、我愛羅にもわからなかった。

ただ、正面からぶつかることが礼儀なのだ、と思っただけだ。

＊＊＊

「通信局、制圧しました」

「雷車駅《らいしゃ》、制圧。送れ」

「第六忍具廠《しょう》、順調。送れ」

暗い部屋の各所に置かれたモニターには、カンクロウ率《ひき》いる忍者たちが次々と里の要所を制圧していく様子《ようす》が映し出されている。

トウジュウロウの想定よりもはるかに素早い。

が、トウジュウロウは、それを若者たちの優秀性だとは思わない。

自分の策がいかに優《すぐ》れたものであるか、という愉悦《ゆえつ》に酔いしれるだけである。

「あとは……!」

＊＊＊

「平凡であることは選ばれたもの……そうかもしれません。ですが、幸福になるためには、犠牲《ぎせい》が必要なのです」

背後で、シジマが身構《みがま》える気配があった。

驚きはない。

やはり、と思うだけだ。

「よせ」

シジマが、ハクトたちの逃亡を助けていたことは、最初からわかっていた。

殺されていなかった護衛。シジマの案内によって引きこまれた流砂《りゅうさ》の罠《わな》。あげればいくらでも証拠は列挙できる。

何より、シジマ自身が語ったとおり、ハクトはシジマの妹なのである。

「我愛羅様。お覚悟を」

「おまえの術で、オレを倒すことはできない」

「確かに」

シジマは、棒手裏剣《ぼうしゆりけん》を足下《あしもと》に投げ捨てた。

乾いた音を立てて、棒手裏剣が転がる。

「術ならば、そうでしょう」

シジマの指が、メガネに触れた。

「！　やめろ、シジマ！」

「それは……なりません、姉上！」

シゲザネとハクトの声音《こわね》が変わった。

おそらくは、命をかけた術が来る。いや、術ではない。それは、生死を賭《と》したより根源的な何かだ。

（瞳術《どうじゆつ》か！）

拘束《こうそく》していたメガネが、外《はず》れる。

シジマの美しく整った素顔が露《あら》わになる。

ようやく、我愛羅は彼女が誰に似ているかを理解した。

（そうか）

夜叉丸《やしゃまる》に似ているのだ。

誰よりも愛深き故《ゆえ》に、己《おのれ》の命を狙《ねら》った育ての父たる人物に。

彼が女だったら、きっとシジマのような表情になるのだろう。

あのときと同じ、あきらめと、希望と、我愛羅のまだ知らぬ何かを孕《はら》んだ、そんな顔だった。

その瞳《ひとみ》が、開いた。

そこにあるのは、人の瞳ではない。

七色の輝きを宿す、虚無の渦であった。

瞳術を制御すべきチャクラの経絡《けいらく》が人工的な処置によって乱れているのだ。かつて、人《じん》為《い》的に人ならぬ何物かに近づけられた大蛇丸《オロチまる》の部下たちやサスケと同じ、それは罪《つみ》の烙印《らくいん》だった。

（身体《からだ》が……熱い……！）

予期していた以上に、それは強烈だった。

意識が、根こそぎ刈《か》り取《と》られる。

虚無の深淵《しんえん》が、我愛羅を引きずりこもうとしているかのようだった。

砂が、巻き上がる。

我愛羅の制御の範囲を超えている。

いや、もしかしたら砂に込められた母のチャクラすらも。

だがそれでも、我愛羅はシゲザネののど笛に突きつけた刃《やいば》を解くことはなかった。ここで彼を逃がしてしまえば、すべてが無に帰すからだ。

「このまま……！　私と我愛羅様のチャクラをことごとく暴走させ、互いの術力にて死をもたらしめる……！　それが、私の最後の力……！」

「大蛇丸の置《お》き土産《みやげ》というわけか」

術を仕掛けたシジマのほうが、よほど苦しそうだった。

我愛羅は一度死んだこともある。肉体的な苦痛には慣れている。恐ろしいのは、それではない。

ただ、哀《かな》しいだけだ。

我愛羅には、シジマの瞳に映る七色の虚無は、彼女が流す涙のように見えた。

「妹のために、死ぬつもりか」

我愛羅の言葉はあくまで静かだった。

苦痛を感じていないわけではない。

全身の経絡が引きちぎられ、麻酔なしで歯を引き抜かれるような痛みが全身を貫《つらぬ》き、体内で巨大な熱を持った己のチャクラが噴出しそうになるのを必死でこらえている。

だが、我愛羅は〈風影〉だ。

たとえそれが抜《ぬ》け忍《にん》であっても、己の部下たちの前で、無様《ぶざま》に泣きわめくようなことは、許されるものではなかった。

「私が……大蛇丸の甘言《かんげん》に乗らなければ……妹は、一族を背負うこともなければ、そのために恋をあきらめねばならぬこともなかった……！」

「ならば、なぜあの洞窟《どうくつ》でオレを殺さなかった」

「！」

一瞬、瞳術が乱れた。

＊＊＊

その問いは、シジマに対しては当然のものだった。

無論あのとき、倒れている我愛羅に幾度《いくど》となく、必殺の一撃を射込《いこ》もうと決意したのだ。

自動防御は我愛羅が眠っていても働くが、それでもなお、己《おのれ》の瞳術《どうじゅつ》を全開にすれば、目覚めている我愛羅を相手にするよりは容易《ようい》に、致命傷か、あるいはそうでなくても追撃を不可能にするほどの傷を負わせられたはずだ、という確信はあった。

できなかった理由は、ひとつしかない。

眠っている我愛羅が、泣いているのを見たからである。

命を賭《か》けて自分を救おうとしてくれた青年が、腕の中で泣いているのを見れば、殺せるものではない。

それは、シジマの信じようとしていた最後の忍者としての節《せつ》を曲げることになるからだ。

故《ゆえ》に。

「それが、私の忍道だからです」

＊　＊　＊

「そうか」

その答えは、我愛羅を満足させた。

人はそれを異形《いぎょう》と呼ぶかもしれないが、我愛羅にはシジマが、己《おのれ》の身を何かに捧《ささ》げる、美しいものに見えた。

そのような崇高《すうこう》なもの、あのときナルトが見せてくれた気高《けだか》さのようなものが、砂隠れの里に生まれてきたのならば、〈風影〉として戦ってきたことは無意味ではなかったのだ、と思えた。

誰かのために、己を投げ出せる心が、そこにあったからだ。

(忍者は、もう、ただ任務をこなすだけの機械ではない)

「ならば、その言葉は曲がるまい」

シジマの足下《あしもと》で、我愛羅が展開していた砂が巻き上がる。

その五体を、砂が拘束《こうそく》した。

「まさ……か……!」

驚愕《きょうがく》するシジマに向けて、左手を伸ばしてみせる。

「オレは生まれついてから、〈人柱力《じんちゅうりき》〉として、常《つね》に〈守鶴《しゅかく》〉に意識を乗っ取られようとする恐怖と戦い続けてきた。世間の忍《しのび》よりは……心を奪われることには慣れている」

我愛羅の中の膨大《ぼうだい》なチャクラ、その片鱗《へんりん》が目を覚ました。

ようやくにシジマは、自分が何を、誰を相手にしていたのかを本当の意味で理解した。

風が縛《しば》られないように、〈風影〉もまた支配されないのだ。

もう誰にも。決して。

「さらばだ」

砂の刃《やいば》が、針のように伸びる。

＊＊＊

砂隠れの里は、死んだように眠っている。

その陰《かげ》で蠢動《しゅんどう》する忍者たちのことに、誰も気づいていないかのように。

後は、カンクロウが合図を出すだけだ。

「カンクロウ様」

何かに耐えかねたように、傍《かたわ》らのアマギがカンクロウの耳元に口を寄せた。

「本当に、これでよろしいのでしょうか」

「今さら何を言ってるじゃん。おまえも、皆と同じ意見だったじゃん？」

「……わからなくなりました」

アマギは、軽く首を振った。

「忍《しのび》とは、堪《た》え忍《しの》ぶことだ、とカンクロウ様はおっしゃいました。自分たちはもしかして、取り返しのつかないことをしているのではないでしょうか」

何かを言おうか、とも思ったが、カンクロウは苦笑《にがわら》いをするだけに留《とど》めた。

自分の頭で考える、というのは口で言うほど容易《ようい》ではない。ようやくその道程《どうてい》を歩み始めた人間に、頭ごなしに説教をするほど、自分が年を取ったとは思いたくなかった。

「大丈夫じゃん」

「え？」

「まあ、オレに任《まか》せておくじゃんよ」

我愛羅に、という言葉を、カンクロウは呑《の》みこんだ。

＊　＊　＊

「う……あ……」

砂漠に、血がしぶいた。

ぽたり、ぽたりと、鮮血が乾いた大地に染《し》みこんでいく。

「我愛羅……様……!?」

ハクトの驚愕《きょうがく》も無理はなかった。

我愛羅の伸ばした砂の刃《やいば》が貫《つらぬ》いたのは、拘束《こうそく》されたシジマではない。

その後ろの、小さな砂だまりだった。

そこから、人血が噴出しているのだ。

「な……ぜ……この位置が……わかった……」

苦しそうに這《は》い出《だ》してきたのは、見合いの席を襲撃した兄弟の片割れ、メトロであった。

全身を包帯で覆《おお》い、瀕死《ひんし》の重傷でありながらも、メトロはまだ生きていた。

おそらくはあの落下のあと、死を偽装《ぎそう》し、我愛羅に一矢報《いっしむく》い、このスキャンダルを告発するためにずっと尾行を続けていたものであろう。

「つけられていることはわかっていた。が、気取《けど》っていることを悟《さと》られたくはなかったのでな」

休憩の折の砂撒《すなま》きも、シゲザネと戦うたびに派手に砂を撒いたのも、すべてはこのためである。砂による探知によって、我愛羅はメトロの位置にあたりをつけ、彼が自分と、ハクトたちに手出しをせぬよう見張り続けていた。

そして、メトロが我愛羅を奇襲するよりも、シジマの術に囚《とら》われたと見せて、我愛羅がメトロを刺《さ》すほうが、先だったのだ。

「トウジュウロウの差《さ》し金《がね》か」

びくり、とメトロの身体《からだ》が震えた。雄弁な答えだった。

罠《わな》にかけられたのが自分であることを、ようやくこの無口な忍《しのび》は悟ったのだ。

「やはりそうか。ハクトを使嗾《しそう》し、オレを里から引き離し、そして醜聞《しゅうぶん》をでっちあげて謀《ぼう》殺《さつ》する。老人の考えそうなことだ」

「兄者《あにじゃ》の……かた……き……！」

貫かれながら、メトロの身体が動いた。

ぐばあ、と砂が巻き上がる。

瞳術《どうじゅつ》の効果で、制御は難しくなっていたが、放出して殺すだけなら、むしろ造作《ぞうさ》もない。

一瞬で、メトロの肉体が骨も残さず消滅する。

＊＊＊

「あ、ああ……」

シジマは、そしてハクトとシゲザネも、その圧倒的な光景を目に、もはや戦意を喪失《そうしつ》していた。

これが、〈風影〉だった。

上忍《じょうにん》ふたりを同時に相手にし、しかも傷ついた身でシジマの瞳術《どうじゅつ》を受けながら、さらに上忍ひとりを殺してみせる。

才能も、努力も、実戦経験も、何もかもが違っていた。

(私たちは、なんという人に手を出してしまったのだ)

夜明けの近づく空の下で、我愛羅はまさに、人の形を取った死神だった。

＊＊＊

我愛羅は、砂に汚れたシジマのメガネをぬぐうと、そっとその顔にかけさせた。

そして、その拘束《こうそく》を解き、ふたたびハクトとシゲザネへと向き直る。

「我愛羅様……」

ふたりは、互いの想《おも》いをもはや隠すことなく、その手を握り合い、覚悟を決めた表情で我愛羅を見ていた。

「…………」

砂が、ふたりを包みこむ。

「やめて、やめてください！」

我愛羅に、シジマの身体《からだ》がすがりついた。

「もう……勝敗は決したはずです。監視者もおりません」

「言ったはずだ、シジマ。抜《ぬ》け忍《にん》を許すことはできない。そして――ハクトとシゲザネは、里に戻ることを望まないだろう」

そして何より、我愛羅は里に戻ったハクトが、籠《かご》の鳥《とり》になることを――ましてや、自分の妻になることを望まなかった。

ハクトを好いていないのではない。

その逆である。

逆であるから、男は、それを呑《の》みこまねばならぬのである。

「オレの砂に呑みこまれたものは……骨も残らない。砂瀑送葬《さばくそうそう》で、痛みもなく冥土《めいど》へ送る」

砂が、渦を巻いた。

「まっすぐ、自分の言葉は曲げない。それがオレたちの忍道だ――！」

そう。

ハクトを護《まも》ると誓った言葉は、嘘《うそ》ではない。

＊＊＊

「あ――」
シジマは、そのとき確かに見た。
ハクトが笑っていた。
解放される、そのような笑《え》みだった。
あきらめではない。
信じているのだ。
自分があのとき、我愛羅を殺せなかったように。
我愛羅の瞳《ひとみ》の中にある、暖かい何かを。
信じている、そんな目だった。
だからシジマは、ただ、妹を見送ることにした。

＊＊＊

もはや、砂隠れの里は完全にカンクロウの配下たちによって制圧されていた。

モニターと通信が送りこんでくるそれらの報告に、トウジュウロウは深く、深く満足し、何度もうなずいた。

「よし、あとは、マイヅル。おまえがカンクロウを逮捕するのだ」

「は？」

マイヅルは、さすがに意外そうな顔をした。

「そうであろう。クーデターの首謀者《しゅぼうしゃ》は、これは捕《と》らえねばならん。ヤツを捕縛《ほばく》し、先代の一族をことごとく追放する。それで、あとはおまえが〈風影〉になれば、改革は完了する」

「カンクロウ様を、欺《あざむ》いておられたのですか」

「騙《だま》し騙されは忍《しのび》の常《つね》よ。ときには、味方すらも欺かねばならぬ。まあ、この場合、儂《わし》がきゃつの味方であったとは言えぬわけだが……あのような古めかしい傀儡師《くぐつし》には、似合いの舞台だったと言えるのではないかな」

「でしょうな」

突如《とつじょ》。

マイヅルの肉体が、崩れた。

四肢《しし》が、首が、胴が、バラバラになって、衣服とともに床に落ちる。

「な、な、な、な」

「何事だ、じゃん？」

ゆらり。

暗闇《くらやみ》の中から、影が動いた。

白皙《はくせき》の美貌《びぼう》に、赤いクマドリ。

カンクロウである。

「ば、ばかな」

トウジュウロウは狼狽《ろうばい》した。

モニターには、確かに〈風影〉の執務《しつむ》室を制圧するカンクロウの姿が映っているのだ。

だが、目の前に立つカンクロウは幻術などではない。あるはずがない。老《お》いたりとはいえ、上忍《じょうにん》の目をこうもごまかせるはずがないのだ。

「幻術ではないじゃんよ、もちろん」

「傀儡……!?」

「いかにも」

ニヤリ、とカンクロウは笑った。

「例の月から来た連中の一件で、いろいろと思うところがあって、視認できないほど細い糸繰《いとあやつ》りで、超遠距離の傀儡を動かす術に凝《こ》ってたじゃんよ。マイヅルなんて忍はいない——あんたは最初からずっと、オレの人形相手に楽しくお話してたわけじゃん。おかげで、物証も証言も集まったわけじゃん」

「……儂の知らない術……だと……!?」

トウジュウロウは後ずさった。

彼の久しく忘れていた感情。それは、恐怖だった。

「で、では、我愛羅も……」

「もちろん、最初から知ってたじゃんよ。でなきゃ、こんなに手際《てぎわ》よく、合成映像は流せないじゃん」

「合成……!? これがか……! 忍術というのか……」

「忍術っつうよりは科学技術じゃん。もちろん雷遁使《らいとん》いも混ざってはいるけどな」

ぱちん、と芝居がかってカンクロウは指を弾《はじ》いた。

彼の背後より現われたアマギが、トウジュウロウの身体《からだ》を拘束《こうそく》していく。

「オアシスの別働隊は、テマリから連絡を受けたバキ様に撃破されたそうじゃんよ。まあ、いわゆるチェックメイトってやつじゃん?」

「時代が変わった、ということか……」

トウジュウロウはがっくりとうなだれた。

認めざるを得なかった。

時は流れ、人は変わったのだ。彼の知らない忍術が生まれ、彼の知らない忍者が誕生する。

それは確かに、彼が老いた、ということだ。

「……抵抗はせん。今、ようやくわかった」

「何がじゃん？」

「我々砂隠れは、新しい世代を迎えつつある、ということだ。儂は、先代の〈風影〉の背中だけを見ていて、おまえたちが儂の後ろから迫っていることに、気づいていなかった……我愛羅を〈風影〉に据《す》え、後ろから操っていたつもりが、この有様《ありさま》か……だがな」

ぎらり、とトウジュウロウは瞳《ひとみ》を光らせた。

「いつかおまえたちも、時の流れに復讐《ふくしゅう》される。新しい忍たちが、おまえたちを置いていく日が来るのじゃぞ」

「そりゃあ」

カンクロウはバン、とアマギの背中を叩《たた》いて、誇らしげに笑った。

「楽しみなこととじゃん！」

＊＊＊

バキの周囲に、十数名の忍《しのび》たちが倒れていた。

いずれも、我愛羅の身柄《みがら》を狙《ねら》って配備されていた、トウジュウロウの配下たちである。

そのことごとくが、バキの刃《やいば》にかかって、地に伏《ふ》していた。

（まさか、我愛羅がオレにすら気取《けど》られずに、これだけの罠《わな》を仕掛けていたとはな……）

怒《いか》りは、微塵《みじん》もない。

嬉《うれ》しかった。

時代は変わろうとしているのだ。

（四代目様……ようやく、自分の奉公も、終わろうとしております）

バキは、かねてから打診のあった相談役就任《しゅうにん》の件を、真面目《まじめ》に検討するつもりになった。

＊＊＊

「終わったぞ」

「ようやくか」

岩陰《いわかげ》から姿を現わしたのは、木ノ葉の忍《しのび》だった。

シジマも、顔は資料写真で見たことがある。

奈良《なら》シカマル。

我愛羅の姉、テマリの婚約者である。

言うまでもなく、我愛羅がテマリに文《ふみ》を言《こと》づけた相手であった。

「ったく……人を気楽に呼び出しやがって。面倒な義弟《おとうと》ができたもんだぜ」

シカマルは、忍連合の重鎮《じゅうちん》とは思えないほどの弛緩《しかん》した表情で頭を掻《か》いていた。見合いの席でテマリを助けた彼は、テマリより文を受け取り、動いていた。文に、このことを予測していた我愛羅の要請が書かれていたことは、言うまでもない。

「オレの見合いをずっと監視していたんだろう？　おあいこだな、義兄上《あにうえ》」

「チ……」

隠れている間よほど我慢していたのか、シカマルはタバコを取り出すと、一本つけた。

「抜《ぬ》け忍《にん》シゲザネは、ハクト姫を殺した。我愛羅は、そのシゲザネを討《う》って、ハクト姫を弔《とむら》った……まあ、そういうことでいいんだな」

「察しが早くて助かる」

「よくある筋書きだからな。テマリから連絡があった時点で、こういうオチになると思ってたよ」

シカマルの吐き出した紫煙が、明け始めた空に、白い輪を描く。

「砂瀑送葬《さばくそうそう》は、骨も残さない。立ち会った義兄上が証言してくれれば、異《い》を唱《とな》える者もいるまい——そのあとで、木ノ葉に新しい忍がふたり増えようと、それはオレの関与するところではない」

「そういうことだな」

我愛羅の言葉を受けて、ニヤリ、とシカマルが笑った。

「ア——」

シジマは、泣きそうになった。

我愛羅の砂の下で、確かにふたつの影が動いたのが見えたからだ。

ただ、砂が包みこんで、ふたりを隠しているだけなのだ。

「使い古された手で、披露《ひろう》するのは多少気恥ずかしいがな」

「定石《じょうせき》ってのは、勝手がいいから使われるもんさ。ハクトの素顔を見たことがあるやつは、ホウキ族の中でもほとんどいない。こっちは、問題にならんだろう。シゲザネのほうは、ちょいと顔を変えてもらう必要があるだろうがな」

「それこそ、ハクトの領分だろう」

「そうだな」

「できれば、ハクトは姉に……テマリにつけてやってくれ。木ノ葉と砂隠れでは風習も暮らしぶりも違う。身近な者がいれば、安心だろう」

「わーかった、わかった。まあ、悪いようにはしないさ」

くるり、とシカマルは背を向けた。

後のことは任《まか》せろ、という合図だろう。

「行くぞ、シジマ」

「え……」

シジマは、どう答えていいかわからなかった。

自分は裏切り者として消されるのではないか、という想《おも》いが、どうしても消えなかったからだ。

我愛羅が信じられないのではない。

そういう世界しか見てこなかったから、我愛羅に対してどう接していいかが、本当にわからないのだ。

「…………」

我愛羅は数秒、そんなシジマを見ると、困ったように頭を掻いた。

見れば、シカマルが何やら妙に嬉《うれ》しそうな笑《え》みを浮かべて、ちらちらとこちらを見ている。ゴシップが気になる、という顔だ。

ため息をついて、我愛羅は言葉を続けた。

「どうした。おまえは任務を達成した。夜明けまでに、オアシスに戻る」

「本当に、それでいいのですか」

「〝事実〟は先に述べたとおりだ。ここでおまえを処分するのは、〝事実〟に反する」

我愛羅の言葉はそっけなかったが、その奥には、暖かさがあった。

「砂隠れにはこれからも、おまえのような忍が必要だ」

「――ハイ」

シジマは、メガネを外《はず》し、瞳《ひとみ》を閉じて一礼し、そしてもう一度、閉じた瞳の奥から、我愛羅を見た。

「これからも、〈風影〉様にお仕《つか》えさせていただきます――一命を賭《と》して」

「頼む」

それだけ言って、我愛羅は跳躍《ちょうやく》した。

シジマも、それを追うように跳《と》ぶ。

ふたつの影が砂塵《さじん》の彼方《かなた》に消えていくのを確認してから、シカマルは満足そうに、ハクトとシゲザネを掘り出す作業に取りかかった。

＊　＊　＊

「終わったな」

我愛羅たち三姉弟《きょうだい》は、砂隠れを見下ろせる丘の上から、ようやく静けさを取り戻した里を眺めていた。

クーデター騒ぎの処理は、円滑《えんかつ》だった。

カンクロウが部下たちに命じて、トウジュウロウに同調していた老人たちを制圧させたことで、膿《うみ》は、出せたといえる。

あとは粛々《しゆくしゆく》と、我愛羅が里の掟《おきて》を実行するだけだ。トウジュウロウたちは、名目をつけて里の中枢《ちゆうすう》を追われることになろう。

「いやもう、寝たいじゃんよ」

カンクロウの目元には、化粧のものではない隈《くま》があった。クーデターの狂言からこちら、ずっと部下たちの指揮に追われていたのだ。

「シカマルみたいなこと言わないの」

その顔がよほどおかしいのか、テマリは指を指《さ》して笑った。我愛羅も、少し笑う。三人の笑顔は、どこかやはり似ていた。

血は、誰かを縛《しば》る鎖《くさり》かもしれない。

だが、それはやはり、絆《きずな》なのだ。離れてしまっても、自分たちはやはり姉弟であるし、新しい兄を持ち、やがては甥《おい》、姪《めい》、と呼ばれる新しい家族を迎えることにもなるだろう。

「変わらないいな、ふたりは」

「ちぇ」

「フフ。そうかもね」

変わっていくものもある。だが、変わらないものもある。

砂漠に似ている、と我愛羅は思った。

彼が生まれたこの砂漠は、いつも風が作り出す別の顔をしている。だが、やはりそれは、砂漠なのだ。

自分たちも同じようになれるだろう、と、信じた。

＊＊＊

忍《しのび》とは、堪《た》え忍《しの》ぶものである。
不条理に耐え、風雪に耐え、戦い続けるものである。
そして、忍は、理不尽に勝利するものである。
降《ふ》り注《そそ》ぐ刃《やいば》の下で、決して消えない心。
それが、忍である。
それが、忍者である。
それが、我愛羅である。
故《ゆえ》に、砂隠れを渡っていく風は、これからも優しいだろう。

NARUTO-ナルト-
我愛羅秘伝　砂塵幻想

2015年6月9日　第1刷発行
2022年2月8日　第6刷発行

著　者　岸本斉史◎小太刀右京
編　集　株式会社　集英社インターナショナル
〒101-8050　東京都千代田区一ッ橋2-5-10
TEL　03-5211-2632(代)
装　丁　高橋健二＋川畠弘行（テラエンジン）
担当編集　六郷祐介
編集協力　添田洋平（つばめプロダクション）
編集人　千葉佳余
発行者　瓶子吉久
発行所　株式会社　集英社
〒101-8050　東京都千代田区一ッ橋2-5-10
TEL　03-3230-6297(編集部)
03-3230-6080(読者係)
03-3230-6393(販売部・書店専用)
印刷所　共同印刷株式会社

Printed in Japan　ISBN978-4-08-703364-9 C0093

検印廃止

本書は書き下ろしです。

忍達の知られざる物語が此処に!!
更なる真実を刮目せよ!!
真伝シリーズ
【イタチ真伝】光明篇・暗夜篇
うちはイタチ木ノ葉を抜ける!!
JC1巻
1:うずまきナルト!!
●落ちこぼれの忍ナルトは火影を目指す!!
JC72巻
699:和解の印
●ナルトとサスケ「終末の谷」にて決着!!
●第四次忍界大戦終結!!
秘伝シリーズ
【カカシ秘伝】氷天の雷
はたけカカシ、六代目火影就任!!
●サスケ、木ノ葉隠れの里を去る
秘伝シリーズ
【シカマル秘伝】闇の黙に浮ぶ雲
奈良シカマル、忍連合の重役に!!
映画ノベライズ
【THE LAST —NARUTO THE MOVIE—】
大筒木トネリ襲来!!
10数年前
数カ月後
2年後
10数年後
新伝シリーズ
【木ノ葉新伝】湯煙忍法帖
先代火影の忍び旅、中忍・ミライが護る!!
【BORUTO—ボルト— —NARUTO NEXT GENERATIONS— NOVEL 1】
ボルト、忍者学校《アカデミー》に入学!!
【BORUTO—ボルト— —NARUTO NEXT GENERATIONS— NOVEL 2】
木ノ葉隠れの里でゴースト事件発生!!
【BORUTO—ボルト— —NARUTO NEXT GENERATIONS— NOVEL 3】
異界の口寄せ獣・鵺《ぬえ》が襲撃!!
【BORUTO—ボルト— —NARUTO NEXT GENERATIONS— NOVEL 4】
霧隠れの里へ修学旅行!!
【BORUTO—ボルト— —NARUTO NEXT GENERATIONS— NOVEL 5】
ボルト、忍者学校《アカデミー》卒業!!
映画ノベライズ
【BORUTO—ボルト— —NARUTO THE MOVIE—】
ボルトの中忍試験中に大筒木モモシキが襲撃!!
忍年表

NARUTO -ナルト-
小説シリーズ
累計230万部突破!!
秘伝シリーズ
【サクラ秘伝】思恋、春風にのせて
サクラ、木ノ葉病院内に新施設創設!!
秘伝シリーズ
【木ノ葉秘伝】祝言日和
六代目火影より特別任務発令!!
◎ナルトとヒナタ結婚!!
数カ月後
秘伝シリーズ
【我愛羅秘伝】砂塵幻想
風影・我愛羅、20歳に!!
秘伝シリーズ
【暁秘伝】咲き乱れる悪の華
サスケ、"暁"に家族を殺された兄弟と出会う
真伝シリーズ
【サスケ真伝】来光篇
うちはサスケ贖罪の旅の真実!!
数カ月後
JC72巻
700:うずまきナルト!!
◎ナルト、七代目火影となり木ノ葉を治める!!
現在
10数年後
◀下段へ続く…
新伝シリーズ
【ナルト新伝】親子の日
「親子の日」創設!!忍親子の短編集!!
新伝シリーズ
【サスケ新伝】師弟の星
サラダたち新第七班とサスケが共同任務に!!
新伝シリーズ
【シカマル新伝】舞い散る華を憂う雲
五影会談紛糾!!シカマルの一手とは?
烈伝シリーズ
【カカシ烈伝】六代目火影と落ちこぼれの少年
カカシが落ちこぼれ少年の家庭教師に!!
烈伝シリーズ
【サスケ烈伝】うちはの末裔と天球の星屑
夫婦にして相棒、サスケとサクラが挑む!!
烈伝シリーズ
【ナルト烈伝】うずまきナルトと螺旋の天命
ナルトと大蛇丸が共闘!!
JC【BORUTO-ボルト- -NARUTO NEXT GENERATIONS-】へと続く!!

JUMP j BOOKS：http://j-books.shueisha.co.jp/

本書のご意見・ご感想はこちらまで！

http://j-books.shueisha.co.jp/enquete/